小川紗良

海辺の金魚

ポプラ社

海辺の金魚

目次

写真――川島小鳥
装幀――岡本歌織（next door design）

海辺の金魚

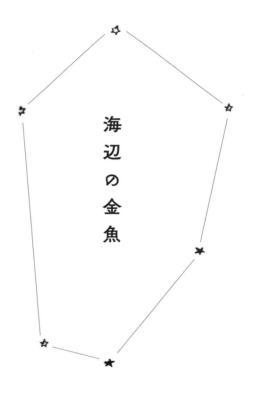

幼い頃から雨の日が好きだった。家も、学校も、海も、山も、田んぼも、道路も、私も、あの人も、街じゅう等しく濡れていく。雨の等しさが好きだった。このまま何もかもが同じように満たされて、新しい海ができればいいと思った。新しい海の上には新しい地上があって、大人になったら水面の太陽に向かって昇るのだ。海からひょっこり顔を出し、その眩しさに瞬きをすると、途端に待ち望んだ美しい楽園が視界いっぱいに広がるだろう。あの人のいない楽園で、私は人魚姫のごとくかけがえのない他の誰かと出会うのだ。終いには海の藻屑になってでも、私はここではないどこかで、あの人ではない誰かと巡り会い、まともな人間になることを夢見た。雨はいつだって、私に楽園の夢を見せてくれた。

その日もじっとりと夏の湿気をおびた雨が、おびただしく降り注いでいた。濡れた制服の水滴を落としながら、「星の子の家」と書かれた重い門扉を押す。木でできた水色のボロ看板が、雨に濡れ藍色に変色していた。取っ手の赤茶けた錆が手について、血のようなにおいがする。思えば、この門扉は私がここへ来てからただの一度も手入れがされていない。今日で私は十八になるのだから、かれこれ十年ということになる。レールも滑りが悪くなり、初めて押した日よりもずいぶん重みが増した。日常というのは気づかないくらいの速さで、しかし着実に、木屑や錆や滑りの悪さを積み重ねていくから怖い。今度の週末、看板にニスを塗り、取っ手のペンキを塗り替え、レールに油をさすようタカ兄に提案しなくては。


「ただいま」

ごわついた硬いバスタオルで濡れた肩を拭きながら、名前のない金魚にいつもの挨拶をした。この金魚ももう十年も私の部屋にいながら、未だにふさわしい名を持たない。私があの人をあの人と呼ぶように、この金魚もこの金魚でしかなかった。私は十年もの間、一体誰に挨拶をしているのだろう。

金魚は雨を知らない。遠い昔にいたはずの川も、その先に続く海も知らない。あの門扉の木屑や錆のように、長い年月をかけて日常に呪われた魚だ。川や海を知らない金魚は、さながら尾ひれを失った人魚姫である。カルキ抜き水道水で満たされた世界で、金魚は一体何を夢見るのだろう。

金魚鉢のポンプの音と、外の雨音とが交ざり合うのに耳を傾けていると、不意に玄関の方でチャイムが鳴った。この家のチャイムを押す者といえば、近所の子どものいたずらか、新しい子を送り届けに来た児童相談所の職員くらいである。

「よく来たね、いらっしゃい」

迎え入れるタカ兄の声を聞き、チャイムがいたずらではなかったことを知る。私はいてもたってもいられず、部屋を出て階段の踊り場からそっと玄関を見下ろした。

光に照らされて亜麻色に透けた長い髪の女の子が、文字通り棒のように突っ立っていた。この家に入るのを拒否するでもなく、かといって受け入れるでもなく、何の意思も示さずに胸に抱えたウサギのぬいぐるみをギュッと握りしめていた。女の子がぬいぐるみを抱えて立っているというより、ぬいぐるみが女の子をかろうじて立たせているようにすら見えた。それほどまでに、女の子は小さな肩を硬直させて立ち尽くしていた。この光景を、何度ここから見てきたことだろう。

「花、荷物頼む」

玄関を見下ろす私に気づいたタカ兄が、外を指差して声をかけてきた。

「あ、うん」

返事をして階段を下りていく私に目もくれず、女の子は硬直したままタカ兄に連れられて部屋へ入っていった。女の子の脱いだ靴は見た所二十センチほどの大きさで、小学校二、三年生くらいだと想像できた。玄関先には所々革の剝げた赤いランドセルと、着替えが詰め込まれたキルト生地の手提げが寄せられていた。これからここで暮らしていくには、少なすぎる荷物だった。ランドセルにはフェルトでできたカエルのマスコットがぶら下がっていて、裏返すと黒いペンで「晴海」と書かれていた。

途方もない夏の雨の日、晴海は星の子の家へやって来た。私はタカ兄に門扉の手入れをしたほうが良いと伝えるのを、すっかり忘れていた。

＊＊＊

一年に一度、自分がここに在ることを問わずにはいられない日のこと。

ハンバーグ、きんぴらごぼう、クリームシチュー、ほうれん草のソテー、にんじんしりしり、たまごスープ、鳥の唐揚げ、ポテトサラダ、ちらし寿司。いつにも増して大量のごちそうが食卓を彩り、四方八方から子どもたちの手が伸びた。この家では「生まれてきてくれてありがとう」の意味を込めて、誕生日を盛大に祝う。ここに私たちを産んだ人は一人もいないのに、生まれたことを感謝されるなんておかしなことだと思っていた。それでも、美味しいご飯は素直に嬉しかった。私もいつかは、自分や他の誰かがこの世に生まれたことを、心から祝える日が来るのだろうか。今はまだ遠いおとぎ話だ。

「じゃあ花、十八歳の抱負は？」

大皿を運びながらタカ兄が聞く。

「とうふ？　とうふだって」

いたずらっ子のみっちゃんが笑う。

「ミツ、ご飯粒ついてるぞ。抱負な、抱負」

「どーぅ！」

一番小さい源ちゃんが真似をして、握ったスプーンで食卓を叩く。みんなもつられて笑う。星の子の家では、二歳から十八歳まで七人の子どもたちが、施設長のタカ兄と、入れ替わりの保育士さんたちと共に暮らしている。この日、晴海がやって来たので子どもの数はこれで八人になる。しかし次の春には、私はここを出て独り立ちの時を迎える。

「青いカーテンがほしい」

私は答えた。小さい頃からの夢だった。ここを出て一人暮らしをするようになったら、一番初めにカーテンを買うと決めている。ずっと昔、私がまだあの人と暮らしていた頃、私は度々幸子おばさんの家に預けられていた。幸子おばさんはあの人の姉なので、私の伯母にあたる。あの人と血がつながっているとは思えないほど温和な人で、会うたびに「内緒だよ」と言って私にお菓子やお小遣いをくれた。幸子おばさんは美術の先生で、家に隣接したアトリエにはいつもたくさんの絵や彫刻が飾られていた。私はそのアトリエにこっそり忍び込むのが好きだった。アトリエの窓には雨色のカーテンがさらりとぶら下がっていて、私はその布が風にそよぐのをいつまでもいつまでも眺めていた。それはまるで海底から見上げる日光のゆらめきのようで、私の夢見る楽園に一番近いひとときであった。あの人とのことはほとんど思い出せないのに、幸子おばさんやアトリエのことは鮮明であるから不思議だ。

「もっとこう、金持ちになりたいとか、有名人に会いたいとか、年相応のこと言ってもいいんだぞ」

想定外の答えに、タカ兄が呆れている。誰にも分かってもらえなくたっていい。私にはどんな地位や名声よりも、あの一枚のカーテンが眩しく、そして遠く思えた。私の最も幸せな記憶の象徴を、私はいつか、私の力で手に入れたい。

「アイツ、何も食ってない」

「ミツ、アイツじゃないだろ、晴海だろ」

「アイツアイツアイツ！」

「座って食べなさい。晴海もほら、今日はお前の歓迎会でもあるんだから」

この家にはもうひとつの誕生日がある。ここへやって来た日だ。誰ひとりとして、ここへ来たくてやって来た子などいないが、ここ以外に行くあてもない。そんな断崖絶壁の誕生日席で、タカ兄や保育士さんたちの「ここへ来てくれてありがとう」という言葉だけが命綱となる。私たちは意思決定をする間もなく、生き延びようとする本能のまま、その綱を摑んでいる。

つまり、この日は私の十八歳の誕生日であり、晴海がここへやって来た記念日でもあった。食卓に並べられたごちそうも、いつものお祝いより心なしか豪華であった。豪華といっても、ごぼうやにんじんは皮まで使っているし、ほうれん草はピンク色の根元まで食べる。この家は貧乏とまでは言わないが、好き勝手に贅沢できるほどの自由はない。タカ兄や保育士さんは「もったいない」が口癖で、普通なら捨ててしまうような野菜の皮や布の端切れも、最後の最後まで大事に使う。

かつて、私がこの家で最も年少だった頃、年上のお兄ちゃん・お姉ちゃんたちがほうれん草の根元ばかり私にやるので、私はほうれん草というのはピンク色の食べ物だと思っていた。ある時、小学校の課題で私だけピンク色のほうれん草を描いたので、私は大恥をかいて泣いて帰った。あれから月日が経ち、今ではもうほうれん草が緑色であることも、多くの家では根元を捨ててしまうことも知っている。それでも私は生涯にわたり、ほうれん草を根元まで食べるのだろう。きっと、そうせずにはいられない。

晴海はといえば、相変わらずぬいぐるみを固く握ったまま、みんなの輪からこぶし三つ分の距離を置いて、微動だにせず座っていた。玄関を見下ろした時には気づかなかったが、ぬいぐるみには所々シミやほつれがあって、晴海が強く握っているあたりから綿が少し出ていた。髪は無造作に伸びていて、着ている服はやや小さい。食事には一切手をつけようとせず、八歳にしては肝の据わった目でじっと家の人々を観察している。いつかテレビで見た、ジャングルで育った少女の目に似ていた。

「ねー、お腹空いてないの？」

小学一年生の双子の兄、武彦が無邪気に尋ねる。晴海は目を合わせず、どこでもない一点を見つめながら小さく首を横に振る。晴海がこの家で自分の意思を示したのは、この時が初めてだった。しかしその瞬間、示し合わせたかのように晴海のお腹が鳴った。

「あー、嘘ついた！」

弟の智彦が、兄にそっくりな調子でからかう。すると晴海は研ぎたてのナイフのような目で食卓を睨みつけ、立ち上がったかと思えば自分の皿をひっくり返し、あっという間にリビングから立ち去ってしまった。

「いっけないんだー」

「嘘つき！」

子どもたちが口々に騒ぎ出す。

「晴海は嘘つきじゃない、お腹が正直なだけだろう」

タカ兄が皆をなだめながら、窓際まで転がった箸を拾いに行った。窓の外に目をやると、いつの間にか雨は止み、庭の木々に滴る雨粒が月光に照らされていた。風が吹くとその雨粒がきらりと落ちて、庭中の木々が涙を流しているようだった。私と晴海の記念日を祝うその涙は、喜びにも悲しみにも思えた。

私も散らかった食器を片そうと立ち上がると、不意に左足で何かを踏んづけた。ゆっくり足の裏を返すと、土踏まずのあたりにピンク色のほうれん草の根元がへばりついて、ぽとりと床に落ちた。

＊＊＊

白い砂浜が途方もなく続く海岸で、あの人が私の先を歩いている。あの人はアンダンテでゆったりと気ままに進んで行くのに、息を切らした私は一向に追いつくことができない。白砂に足がもつれ、直射日光で視界がかすみ、夏の熱気で胸が苦しい。激しい波音にかき消されながら、あの人の口ずさむ鼻歌がかすかに聴こえてくる。その歌声は妙に懐かしく、ずっと昔、記憶にも残らないほど遠い昔に、ぬくもりに包まれて聴いたような気がする。

その悲しい歌をやめて、こっちを向いて、私の名前を呼んで。そう叫びたかったけれど、私の舌はすっかり乾き切って一言も発することができない。私はどうすればいいの。どうすればよかったの。

ついに足も動かなくなり、私はその場にへたり込んで、もう絶対に手が届かないあの人の後ろ姿を呆然と見つめる。すると不意にあの人がこちらを振り返り、微笑とも嘲笑ともとれる表情でたった一言放つ。

「いい子でね」

どうして今になって、そんなことを言うの。私がもうそちらへ駆け寄ることはできないと知りながら、どうして手放してくれないの。

私は放たれることも抱かれることもできないまま、灼熱の砂浜で置き去りになってただただ耳を澄ました。いつの間にかあの人の姿も海の泡に消え、永遠に歳をとることのない歌声だけが耳に焼き付いた。

随分久しぶりにあの人の夢を見た。目を覚ましてしばらく、時計の秒針や、若葉のそよぎや、慌ただしい子どもたちの足音に耳を傾けていると、ようやく心が日常に溶け込んで、私はため息をひとつした。

パジャマを脱いで制服のシャツに腕を通す。赤いリボンを胸元に結ぶ。金魚に餌を少しやる。階段を下りながら匂いを嗅いで今日の朝食を思い浮かべる。廊下に落ちた誰かの靴下を洗濯カゴに入れる。冷たい水で顔を洗って髪を整える。日々の決められた習慣は、私をとりあえずはまともなふうにしてくれる。硬いタオルで顔を拭いた頃には、耳鳴りのようにこびりついたあの歌声もすっかり消えていた。

さっぱりと顔を上げると、視界の隅で何かがきらりと光った。そちらに目をやると、クリームのついた銀色のフォークが無造作に床に落ちていた。誰がこんなところにと思いつつ近寄ると、フォークのそばには古びたウサギのぬいぐるみが転がっていた。どうやら、夜中にこっそり台所を徘徊した野ウサギがいるらしい。そういえば、さっきからリビングの方が何やら騒がしかった。野生の目をした女の子が、この家にもたらしつつある非日常に少しだけ心を躍らせて、私はフォークとぬいぐるみを拾い上げるとリビングの方へ向かった。

「こいつ嘘つき！」

武彦が金切り声を上げながら、晴海の肩を強く押す。

「嘘じゃない！」

晴海が果敢に言い返しながら押し返す。初めて聞いた晴海の声のビー玉のような子どもらしさに、私は思わず安堵した。

「二人とも、話し合おう」

エプロンを中途半端につけたタカ兄が仲裁に入っている。

「のこったのこった！」

智彦は喧嘩を面白がって茶々を入れている。ただでさえ子どもたちが駄々をこねる平日の朝が、この日は一層賑やかであった。

「どうしたの？」

私が喧嘩のリングに下り立つと、半べそをかいた武彦が答えた。

「晴海がおれのケーキ食った！」

「食ってないもん！」

食った食ってないの狭間で、テーブルのケーキ皿と私の手の中のフォークだけが、いたずら野ウサギの正体を知っていた。

「ごめん、それ、私が食べた」

自分でもわけが分からぬままに、私は拾いたてのフォークを掲げて野ウサギの身代わりを買って出ていた。子どもたちはフォークについたクリームをまじまじと見て、なんだ、そんなことかと一斉に肩の力を抜いた。

「誕生日の花がケーキ食べちゃったんだ、しょうがないよな。ほら、みんな準備しないと遅刻するぞ」

すかさずタカ兄が子どもたちを促すと、皆散り散りに日常へ帰っていった。たった一人晴海だけが、何か言いたげに私の方をじっと見ていた。彼女が私に初めて放つ言葉を期待したが、しばらくするとぶっきらぼうに私の腕からぬいぐるみを剝ぎ取って、リビングから駆けていってしまった。

「あーあ、もったいない」

私はタカ兄の口癖を真似しながら、皿に残ったクリームを指でひとすくいして口へ運んだ。私と野ウサギだけが知っている、甘い秘密の味がした。

＊＊＊

「もうすぐ、五時になります。良い子のみなさんは、お家へ帰りましょう」

このアナウンスが気にならない日は大丈夫な日、どうしようもなく気に障る日はダメな日だ。この日は、残念ながら後者であった。青々とした夏の田んぼのあぜ道で自転車を漕ぎながら、私は耳を塞ぎたかった。私には帰る家などない。もちろん実際には星の子の家があって、タカ兄や保育士さんの作るご飯があって、賑やかな子どもたちがいる。それでも、もっと根本的なところで、私には帰る家がなかった。このままあぜ道が延々と続いて、どこにもたどり着かなければいい。私は悪い子だ。

どうしてこの日はダメだったのだろう。こなすだけの学校も、透明な心地のする教室も、もうとっくに慣れてしまったはずなのに。十八歳の岐路に立たされているからか。はたまた、この夏の記録的な猛暑のせいか。この頃、やけに胸騒ぎがする。

今更どこかへ逃げる勇気も気力もなく、いつも通りを装って星の子の家へと帰ってきた。名もない金魚に餌をやり、渇いた喉を潤しにリビングへ下りた。コンロの大鍋からローリエの香りがしたので覗くと、作りかけのカレーが火を止めたまま置かれていた。

「リコンよリコン！」

「どうしたの？」

「この人、フリンだわ」

「ひっどおい」

幼稚園年長の麦と里美が食卓の方で物騒な人形遊びをしている。この家のままごとはただ事ではない。子どもたちは大人の世界をよく見ている。

「タカ兄は？」

私が二人に尋ねると、

「お買い物に行ったわ」

麦が不倫妻の口調のまま答えた。タカ兄は、きっとルウを買い忘れたのだろう。庭では小学生と保育士さんたちがビーチボールをパスして繋いでいる。ボールが高く上がるたび、ビニールが西日に透けてきらめいた。何も知らずにこの光景を見れば、きっと誰もがアニメや漫画に出てくるような愉快な大家族だと思うだろう。しかし、どこまで行っても私たちは家族〈のようなもの〉でしかない。タカ兄や保育士さんたちはいつだって家族だと言ってくれるけど、その言葉を聞けば聞くほど、逃れようのない違和感が私の中で広がった。

家族とは、そんなに素晴らしいものなのだろうか。いつか読んだ本に、家族とは「自分から決して逃げない人」のことだと書いてあった。一度逃げられてしまった私たちは、この先その「家族」というものを、一体どう信じれば良いというのだろう。家で、学校で、テレビで、本で、世界のあらゆる場で重宝されている「家族」という観念に直面するたび、私はこの世界から除け者にされたような心地になる。私たちは、それ以外の言葉で繋がっていてはいけないのだろうか。ままごとの人形と私たち、果たしてどちらの方が達者に家族を演じられているだろう。

何度も何度も空に上がるボールを眺めるうちに、私はふと嫌な予感がして、もう一度二人に尋ねた。

「……晴海は？」

「どっか行ったわ」

今度は里美が答えた。

「どっかって……？」

「駅はどこって」

「大変大変、電車が来るわ！」

「あんたなんか、もう帰って来るんじゃないわよ！」

「いったあい、なんでぶつのよ！」

繰り広げられる離婚劇をよそに、私は家を飛び出して自転車を飛ばした。お願いだから、無事でいて。いい子だから、帰ってきて。そう心で唱えながら、海の見える坂道を全速力で下った。嘘みたいに赤い太陽が、水面に反射して光の道筋を作っていた。

「発車します。閉まるドアにご注意ください」

駅に着くなり自転車を投げ出して、発車音の鳴り響くホームに駆け出した。向かいのホームで電車が動き出す。首を伸ばして電車の中を捜してみるが、汗が目にしみてよく見えない。

「晴海！」

大きな声で呼んだ。電車は行ってしまった。息を切らして顔を上げると、向かいのホームにぽつりと晴海が立っていた。右手に手提げを持ち、左手にウサギのぬいぐるみを抱えていた。その小さな身体で、か弱さと勇ましさの絶妙なバランスを保ちながら立っている姿を見つめた時、私はようやく気がついた。晴海は、十年前の私に似ている。

向かいのホームに渡って、晴海と並んでベンチに腰掛けた。逃げ場のない現実に直面した八歳の女の子になんと声をかけるべきか、私は考えあぐねていた。皆、駅までは来られるのだ。しかしいざ電車を目の前にしたところで、お金もなければ行き先も分からない。仮にお金があって道が分かったとしても、誰かが待っていてくれる保証はない。逃げ出して初めて、自分の身の程を知る。私たちには帰る家がない。星の子の家に住む経緯や期間は違えど、今帰れる家が他にないという現実だけは誰もが同じだった。

「その子、なんて名前なの？」

晴海の腕の中のぬいぐるみを指差して、問いかけてみた。晴海は何も言わず、ただ首を傾げた。このウサギにも名前がなかった。

「じゃあ、誰にもらったの？」

もう一度尋ねると、少しの沈黙があって晴海がようやく小さな口を開いた。

「ママ」

「……晴海は、ママのこと好き？」

わかりきったことを聞いた。晴海は黙ったまま、大きくひとつ頷いた。私も晴海くらいの頃には、きっとあの人のことを信じていた。まだ、信じたいと思っていた。しかし時が経つにつれ、徐々に信じることの悲しみが優っていくのである。悲しみが充満して当たり前になると、気づけば信じていたことも、悲しかったことも、忘れてしまう。そういうふうにできている。

「今度、その子のケガ治してあげようね」

晴海のぬいぐるみからはみ出す綿を見て私は言った。晴海はぬいぐるみを抱いたまま、しばらく黙って手元を見つめていた。

「なんで嘘ついたの？」

突然晴海が私に尋ねたので、一瞬何を言っているのかわからなかった。少しして、今朝のケーキのことを言っているのだと気がついた。

「嘘ついたのは晴海でしょう」

答えながら私は可笑しくなって笑った。晴海は少しいじけた様子で、また口をつぐんでしまった。私は立ち上がって晴海の前に屈むと、まっすぐ顔を覗いた。野生の澄んだ瞳の中で、駅のホームの外灯がチカチカと光っていた。

「これからはいい子にできる？」

晴海の前に小指を差し出した。晴海はしばらく私の指を見つめていたが、不意にそっぽを向いて駅の出口へと駆けていった。私はひとつ息を吐いて、茜色に染まる小さな背中を追いかけた。良い子がお家に帰る時間は、もうとっくに過ぎていた。私たちは悪い子なりに堂々と、星の子の家へ帰ってカレーライスを食べる。

＊＊＊

その日の晩は食器用洗剤がよく減った。カレーの日はいつもそうだ。子どもたちがいい加減に積み上げた食器にこびりついたルウは時間が経つと固まって、ちょっとやそっとすすいだだけでは落ちない。ひどい時にはスパイスが皿にまで染み込んで、黄色く沈着してしまう。何だって、洗い流すのは早い方がいい。

タカ兄が泡たっぷりのスポンジで洗い上げた食器を受け取って、一枚一枚布巾で拭きながら、私は今日こそあれを伝えようとタイミングをうかがっていた。

「あのさ、」

「ん？」

タカ兄が背中で答えた。私がどう伝えるべきかと躊躇《ちゅうちょ》していると、タカ兄は水道を止め、泡だらけの手のまま私の方を振り返った。

「なんだ、どうした」

「……進路のことなんだけど」

「ああ」

「やっぱり、大学行かずに働こうかなって」

「働くって……この前まで張り切って参考書広げてただろう、もったいない」

「うん……でもやっぱり、勉強したいこともないし、お金もかかるしさ」

「お金のことなら、」

「そういうことだから」

私はタカ兄がすすいだまま置いていた皿に手を伸ばし、水気を拭き取って棚にしまった。自然に話を終わらせたつもりだったが、次にする作業が見当たらず、手持ちぶさたで不自然さが際立ってしまった。タカ兄が私にかける言葉を思案している様子が、目を向けずともわかった。

「お母さんのことか」

「……」

「親の承諾がなくてももらえる奨学金はあるし、裁判だって花は巻き込まれないよう弁護士さんに、」

「あの人は関係ない」

「……」

「自分で考えて決めたことだから」

「花、」

「お風呂、沸いたね」

人形の夢と目覚めのメロディーが鳴り響き、子どもたちがお風呂じゃんけんを始めた。私は気まずさを誤魔化すように、湯加減を確認しに台所を離れた。去り際に一瞬うかがったタカ兄の心配そうな顔は、気づかないうちにすっかり歳をとっていて、もう「兄」と呼ぶには無理があった。否、私がここへ来た時にはすでに「兄」というより「爺」の形相をしていたが。あれから十年も経てば尚更である。しかしタカ兄にも確かに「兄」がお似合いの頃があり、それから今に至るまでずっとあんな風に子どもの将来を心配してきたのだろう。私も十年前は傷ひとつない桃のような肌をしていたが、近頃はこめかみのニキビが治らない。

記憶の中で歳をとらないあの人も、少しは老けただろうか。ストレスでぶくぶくに太っているだろうか。それとも拘置所の規則正しい生活のなかで、すっかり健康的になっているのだろうか。どちらにせよ、私には関係のないことだ。

子どもたちが入浴したあとのぬるま湯を追い焚きして、湯船に浸かって一息ついた。ふと思い立って、誰にも聞こえないよう気をつけながら、夢で聴いたあの鼻歌を口ずさんでみた。目を閉じ、耳から入り込んでくる自分の細い声に身を委ねると、全身が泣きたくなるような懐かしさに襲われた。そうだ、ずっと遠い昔にあの声を聴いたときも、確かこれくらいの生あたたかさに包まれていた。あの時もきっとこんな風に、どうしようもなく心が安らいで、いたたまれないほど寂しかった。安らぎと寂しさの狭間で叫びたかったが、私にはまだ産声をあげる能力さえ備わっていなかった。私はただのかたまりに過ぎなかった。今も大して変わらない。

このままこのあたたかさの中に沈んで行けば楽園へつながっているような気がして、私は湯船の底へ深く深く潜った。目を瞑り、真っ白なサンゴ礁やその間を泳いでいく魚たちを思い浮かべると、なんだか心地がよかった。水中には音も匂いもないけれど、耳に焼き付いた歌声は響き続け、かすかに海の香りがするようだった。ああ、もう何も思い残すことはないのだと安堵したとき、突然ビー玉のような声が私の名前を呼んだ。

「花ちゃん」

思わず苦しさがこみ上げて、私は湯船から顔を上げた。息が上がり、しばらく咳き込んだ。そこには私以外誰もおらず、誰かが私を呼んだ様子もなかった。しかし確かに、私はあの声を聴いた。ガラスのように透き通って繊細な晴海の声。なぜ、あの子が私を引き止めるのか。

どうにか呼吸を整えて風呂場の鏡を覗くと、こめかみのニキビが破裂していた。もっと早いうちに処置をしていれば、こんなに膿むこともなく綺麗に治っていたのかもしれない。皮膚の上で繁殖する細菌のことですら、私にはどうすることもできない。ましてや、あの人のことなんて。きっとどんなに力を込めて洗い流したって、こびりついて剝がれない。

＊＊＊

ある週末の午後、私は晴海と二人で寝室の押し入れを漁っていた。

「これは?」

私が尋ねると、晴海は黙って首を横に振った。

「じゃあ、これ」

晴海は同じく不満そうに首を振る。

「うーん、それじゃあ……」

私は押し入れから箱をもうひとつ取り出して、晴海のぬいぐるみのほつれにちょうど良い布の端切れを探した。箱の中には私たちが使い古した洋服やハンカチの布切れが、たくさん詰まって眠っていた。

晴海は脱走を試みたあの日以降、良くも悪くもここでの生活を受け入れ始めた様子でいた。まだ少しよそよそしくも、よく食べてよく眠った。言葉は少ないけれど、やりたいことやりたくないことも示すようになった。一日一日、ひとつひとつ、途方もない逆風の中を、不器用に懸命に進んでいるようだった。

私が箱の中の布を一枚ずつ見ていると、不意に晴海がその手を止めて、

「これ」

とひとつ選んで差し出した。それは白地に赤い小花の模様があしらわれた、スカートの端切れだった。晴海に渡された端切れをウサギのぬいぐるみに当ててみると、確かにそれは不思議なほどにしっくりときた。

私は端切れを丸く切ってあてがうと、小花の模様の色に近い赤い糸で一針一針縫っていった。晴海は大事なぬいぐるみに針が通るたび息を呑むようにじっと見つめて、まるで

大手術を見守るような表情でいた。針が一周して縫い終わると、ほっとした様子で微かに笑みがこぼれた。

他にほつれがないかと確認するようにぬいぐるみを見回すと、タグの部分に小さく晴海のフルネームが書かれていた。

「いい名前」

と、ぬいぐるみを晴海に返すと、

「ママのママの苗字」

と晴海は呟いて、怪我の治ったぬいぐるみを嬉しそうに抱きかかえた。その手元を間近で見て、私は途端に胸がざわついた。手の甲の端の方に、小さな火傷痕があった。それがタバコの痕であることが、長年この家で過ごしてきた私にはすぐにわかった。

ぬいぐるみの傷痕を撫でる晴海のその小さな手を、私は重ねてそっと撫でた。晴海は一瞬身体を震わせて、それから不思議そうに私を見上げた。彼女の傷もきれいに治してやることができたなら、お気に入りの布でそっと包んで、さっぱり忘れさせることができたなら、どんなに良いだろう。しかしどんなに可愛い布をあてがっても、どんなに素敵に縫い上げても、その傷が癒えることはない。むしろ繕った部分の美しさが、それでも消せない傷痕を際立たせ、彼女を追い詰めていくかもしれない。私たちは、どこまでもほつれ続けるしかないのだろうか。

箱を片そうと、丸く穴の空いたスカートの端切れを拾った時、私は不意にその布に見覚えがある気がして、押し入れの更に奥を漁った。古いアルバムをいくつか出してページをめくると、いつかの夏の写真に目が留まった。

「晴海、これ」

赤い小花柄のスカートを穿いた女の子が星の子の家の庭にしゃがみ込み、半ベソをかいていた。よく見るとスカートの裾は所々破れ、泥が付いている。

「……誰？」

「私が晴海くらいの頃」

「泣いてるの？」

「派手に転んでね、スカートが破けたの。これ、その時の端切れだね」

晴海のぬいぐるみと写真を見比べると、あの時破けたスカートの穴が今ここへタイムスリップしたかのようで、可笑しかった。晴海はしばらくまじまじと写真を眺めると、不意に私に尋ねた。

「花ちゃん、ずっとここにいたの？」

「うん、そうだよ」

「……晴海もずっと帰れないの？」

「……」

晴海のまっすぐな眼差しに、私は言葉をつまらせた。彼女は今、先の見えない長いトンネルの、まだほんの入口に立っている。

「いい子にしてたら、きっと帰れるよ」

そう答えるのがやっとだった。しかし晴海の手の甲を見ていると、本心は穏やかではいられなかった。できるだけここにいて、遠くになんて行かないで。ぬいぐるみを繕ったいつかの私とお揃いの布切れに、私は思わず自分勝手なまじないをかけた。

＊＊＊

晴海が星の子の家へやってきてから二週間が経ち、気づけば夏休みに差し掛かっていた。あれから久しく雨が降っていない。カラカラに乾いた庭に水を撒くと、太陽に透けて木々の間に虹がかかった。この家の庭にはたくさんの木が生えている。一本一本が、子どもたちがこの家へやってきた記念の木だ。フェンスの近くでおかしな曲がり方をしているのが、みっちゃんのミカンの木。その横で競うようにすくすく伸びる二本のブナの木が、武彦と智彦の木。入口付近では、秋になると麦のモミジと里美のキンモクセイが彩る。源ちゃんのカエデはまだ苗木で、太陽に向かって一生懸命伸びている。どれも皆、どことなくその子に似ているから不思議だ。

私のシャラノキは、木陰の方で黄緑色の葉をそよがせていた。誕生日の季節に咲くようにと、タカ兄が選んでくれた木だ。別名「ナツツバキ」とも呼ばれるように、初夏に入るとツバキによく似た白い花を咲かせ、咲いた花は一日で散っていく。

昔はよく庭に落ちた白い花々を拾い集めて、お花屋さんごっこをしていた。他にも小枝を拾い集めた木材屋や、セミの抜け殻を集めた昆虫博物館など、小さな庭の小さな街に色々な仲間がいたけれど、気づけば皆家庭復帰や自立を迎えてここから巣立って行った。どこまでいってもここは架空の街であり、架空の庭であるのだと歳を重ねるごとに知る。私の本当の庭は、どこにあるのだろう。

十年経ってすっかり伸びたシャラノキは、しゃんとしているようにも、まだ少し心もとないようにも見えた。そっと幹に触れると、夏の熱気を籠らせてジリジリと熱かった。なぜだろう、やはり今年の夏は胸騒ぎがする。

家の前でクラクションが鳴って振り向くと、ホームセンターから帰ったタカ兄が軽トラで手を振っていた。タカ兄は荷台に積まれた若々しい苗木を降ろすと、庭の中へと運んだ。

それは、晴海の木だった。

「何にしたの？」

「コブシ」

「コブシって、白いやつ？」

「そう、白くて大きいの」

タカ兄は庭をぐるりと一周すると、私の木の横で足を止めた。

「ここがいいな」

そう言って土を掘り始めたので、私もスコップを持ってきて手伝った。庭に水を撒いたばかりなので、土は黒く湿って少し重たかった。

「コブシの花の言い伝え、知ってるか？」

「言い伝え？」

「コブシが上向きに咲いた年はよく晴れて、下向きに咲いた年は雨が降るんだよ」

「知らなかった」

「まあ、ただの言い伝えだけどな。晴海がここへ来た日、雨が降ってただろう」

「うん、すごかったよね」

「晴海って名前の子が大雨の日にやって来て、あまのじゃくというか、お天気雨みたいな子だと思ったんだよ」

「確かに」

「だから、これからできるだけ上向きに、晴れの日が続くようにって」

「なんか、わかるようなわからないような……」

「まあいいんだよ、細かいことは」

穴を掘り終えて、タカ兄がそっと苗木を植えた。まだか弱い苗木が倒れないように、二人で丁寧に土を被せた。

「でもさ、もし下向きに咲いて雨が続いたら？」

「その時は……そのぶん根を張ればいい」

「なんかずるい」

「なんだずるいって」

二人で笑いながら、苗木の周りを固めていった。念入りに土を押さえるタカ兄の手のしわひとつひとつに、深い祈りが込められているようだった。その手を見ながら、私はこれまでずっと聞けずにいたことを何気なく問いかけた。

「ねえ、タカ兄はどうしてここで暮らしてるの？」

「なんだ、どうした急に」

「いや、なんとなく」

タカ兄は唐突な問いに戸惑いつつも、腰に手を当ててゆっくりと立ち上がり、植えたばかりの苗木を満足そうに見つめて言った。

「そりゃあ……こうして花や晴海やみんなと出会うためだよ」

「でもさ、なんで？」

「なんでって、家族でいるのに理由なんかないだろう」

胸がチクリとした。

「家族か」

「そう、家族だ」

タカ兄はそう言って手についた土を払うと、軽トラを車庫に戻しに庭を出た。私はその背中を目で追いながらふと涙がこみあげそうになり、大きく息を吸って吐いた。悲しみの封じ込め方は、とうの昔から知っている。

すぐには家へ戻る気になれなかったので、私はしばらく庭に立ち、シャラノキと植えたばかりのコブシの木とを交互に眺めていた。隣同士の二本の木は、どこか親子のようにも見えた。いつかこの小さなコブシの苗木も、すっかり伸びて私の木よりも大きくなるだろうか。美しく立派な花をたくさん咲かせるだろうか。その頃には、晴海はどんな風になっているのだろう。

「ただいま！」

夏のプール補講から帰って来た子どもたちの声がして、私は庭のフェンスから顔を覗かせた。列をなす小学生たちの中に、晴海もすっかり溶け込んでいた。子どもたちは大人の心配など遠く及ばないところで、勝手に日常に順応していく。

「もうすぐお昼だよ」

私が声をかけると、まだ乾いていない髪の毛から水しぶきを飛ばして、一斉に玄関へ駆け込んでいった。ツンとする塩素の香りがこちらまで漂って、本格的な夏の訪れを告げるようだった。

私もそろそろ部屋へ入ろうと庭を出かけたが、不意に思い立って踵を返し、植えたてのコブシの苗木のもとへと戻った。苗木の前にしゃがみこむと、ちょうど同じくらいの背丈になった。私は誰にも聞こえないくらいの小さな声で、そっと苗木にまじないをかけた。

「いい子でね」

真夏の太陽はてっぺんに上がり、その日のピークの暑さで私たちの庭を照らしていた。向こう一週間は雨が降りそうになく、猛暑は日ごとに増していくようだった。きっと今年のコブシの花は、上向きに咲いていたに違いない。

＊＊＊

幼い頃、晴れた日はいつもあの人の畑で一人遊びをしていた。あの人は近所の子どもを嫌うので、私の友達は小さな虫や雑草の花や空の雲であった。あの人がどうしてそこまで他の子を嫌うのか、幼い私には理解できなかったが、あの人がダメと言うのだからそうするほかなかった。畑は家から五分ほどの長い坂道を登った高台にあり、見晴らしが良く遠方に海が広がっていた。虫も花も雲も相手にならない時には、何をするでもなく海をぼんやり眺めていた。水平線は緩やかにカーブを描き、地球の丸さを物語っていた。その丸さを幼心にも感じ取った私は、どこへ逃げても結局ここへ戻ってきてしまうような気がして、怖くなって目をつぶった。幼い頃の私には、あの人のそばが世界の全てであった。

私が世界の丸さに怯えている傍らで、あの人はいつも淡々と畑の世話をこなしていた。余計な草を間引きし、野菜の健康状態を確認し、水と農薬を撒く。夏にはキュウリやナスが実り、冬には根菜を掘り起こす。代々受け継がれた畑を世話する者は、もうあの人限りであった。畑と、植物と、私は、あの人の身の回りに残された数少ない財産だった。だからあの人は遠い海を眺めることもなく、身の回りの小さな世界を離すまいと躍起になっていたのかもしれない。あの人もまた、あの小さな畑の中が世界の全てであるようだった。私とあの人が畑で過ごした最後の夏も、ちょうど今年のような猛暑が続いていた。あの人は暑さで傷んだ野菜を摘み取りながら、気を紛らわすようにクラシックを口ずさんでいた。私は早く熟れて地面に落ちてしまったキュウリが虫に食われているのを、畑の隅でじっと見ていた。その暑さが、メロディーが、虫の羅列が、何もかもがどこか普通の夏とは違う奇妙さを帯びているようだった。否、今思えばそう感じられるというだけなのかもしれない。記憶は思い返すほど都合の良いように歪み、霞んでいく。

熟れたキュウリを砕いては運び砕いては運ぶ虫たちを見ながら、私は不意にこの小さな虫たちの平穏を奪いたくてたまらない衝動に駆られた。遠い海が私を脅かすように、この小さな虫たちにとって私は世界を揺るがす無責任な神様になり得るのかもしれない。そう思って顔を上げると、三メートルほど離れた畑の隅に農薬の原液が置かれているのが目に留まった。幸いあの人は奥の方で野菜の世話をしていたので、私は目を盗んで農薬の瓶を持ち去ると、虫たちのもとへと踵を返した。味わったことのない高揚感が、幼い私の心を支配した。この小さな虫たちの運命を、たった今私の右手が握っている。可哀想だとか苦しそうだなんて思う隙もなく、私はただ純粋な好奇心で満たされた小さな神様と化していた。

力一杯瓶の蓋をひねったが、八歳の力では至らなかった。一刻も早く農薬の雨を降らせたくて何度も力を込めたが、気持ちが高まるほどに手汗で瓶が滑る。額の汗がぽとりと落ちて、虫の羅列が乱れた。災いの予兆を感じさせまいと、私は額をそっと拭った。気を取り直して今度こそと、身体中の力を腕に込めた時、

「花！」

異変に気付いたあの人が駆けつけて、瓶を持つ私の腕を強くはたいた。反動で私は尻餅をつき、腕から落ちた瓶は地面で蓋が弾けた。

「いい子にしてって言ったでしょう！」

海よりも遠い眼差しで私に一言放つと、あの人は再び農作業へと戻っていった。ああ、やってしまったと、私は深い懺悔《ざんげ》の気持ちに苛まれた。あの人のいい子でいることも忘れて、私は一体何をしていたのだろう。強くはたかれた腕がヒリヒリと痛んだ。これからはきっといい子にするから、どうか私を見捨てないでと叫びたかった。しかし、そうすればあの人は更に遠くへ行ってしまうとわかっていたので、私は必死に悲しみを押し込めた。

地面に倒れた瓶からは白い農薬が静かに流れ、虫たちのいた場所を津波のように追い詰めていた。逃げ遅れた一匹の虫が農薬の海の中で身を翻し、もがき苦しんでいた。少しずつ、少しずつ、その動きが弱まっていくのをじっと眺めながら、私はまるで自分自身を見

ているような心地でいた。

「まっすぐだね」

背中で晴海の声がして、ふと我に返った。晴海は自転車の後ろで私の腰をしっかりと摑みながら、車道の横に広がる海を眺めていた。自転車を漕ぎながら海の方へ目をやると、確かに水平線はこのままどこまでも行けそうなほど、まっすぐに伸びていた。今は、こんなにも海が近い。代わりに、あの人は途方もなく遠い。

道の凹凸が車輪に響き、お使いで買った食材たちがカゴの中で跳ねた。私は玉ねぎを道に転がさないようブレーキを握りながら、慎重に長い坂道を下った。私の腰を持つ晴海の手にも、同じように力が入った。

「ちょっと、くすぐったい」

私が笑うと、晴海も笑った。彼女の右手の位置を変えようとそっと持ち上げると、小さな火傷痕のざらつきに触れた。彼女もまた、何かから遠ざかりながらも、この日常をどうにか歩もうとしている。小さな手にできる限りの力を込めて、目の前の現実にしがみついている。

もしかすると、私は彼女を通していつかの自分を見ているのかもしれない。

「いい子にしてって言ったでしょう」

晴海の手をずらしながら、私は思わず口にした。十年の歳月を経ても尚、あの人と同じようにしか言えない自分が、不意に恐ろしく思えた。近くで見る水平線はまっすぐ伸びているけれど、それでもやはり地球は丸いのだろう。私はそっと、海から目をそらした。

＊＊＊

夏休みも半分が過ぎ、お盆に差しかかろうとしていた。縁側には少し気の早いナスとキュウリの精霊馬が飾られ、じっと家中を見据えていた。精霊馬のすぐそばにはバケツいっぱいに燃え尽きた花火が置かれ、夏が終わっていくのを物語るようだった。庭で遊ぶ子どもたちは普段通りに見えて、皆どこかそわそわとしていた。

毎年お盆に入ると、何人かの子どもたちは親や親戚のもとへ一時帰宅をする。実家に帰れない子も、保育士さんや支援者の家へ遊びに行ってひと時を過ごす。この家はあくまでも保護の場で、どの子も最終的に目指すところは家庭復帰だ。私のように帰れることのないまま十八歳を迎える者もいるが、できることなら取り返しのつくうちに家庭に帰すのが道理である。だから子どもたちは一時帰宅を繰り返し、経済状況や精神状態を見ながら、少しずつ少しずつ親子の時間を取り戻そうとしていく。

「ぶっ殺すぞ！」

みっちゃんはいつもこの時期になると、元々荒っぽい気性に磨きがかかる。

「ミツ、そんなこと言ってたらママに会えないぞ」

「ママなんか嫌いだもん」

ママなんか嫌い、ママなんか会いたくない、ママなんかいない。この家の子どもたちがよく口にする言葉だ。これ以上期待し、裏切られ、傷つくことを避けるための予防線である。

「おれの番！」

「あとちょっと」

武彦と智彦は保育士さんの抱っこを取り合いしている。一時帰宅が近づき不安になると、誰かにくっつきまわって独占しようとする子も多い。本当に抱っこをして欲しい誰かのことを、懸命に忘れようとしながら。

晴海はどうしているかと見渡すと、彼岸花の咲く前で小さい源ちゃんの世話をしていた。泥のついた源ちゃんの膝をはらってやる姿は、小さな母親になりきっているようだった。

晴海も、お盆には家へ帰るのだろうか。帰りたいと思っているのだろうか。

玄関の方からチャイム音が鳴り、みっちゃんの相手をしていたタカ兄が慌てて駆けて行った。また新しい子がやってくるのか、それとも夏休みの子どものいたずらか。じっと庭からリビングの様子をうかがっていると、しばらくしてタカ兄が誰かを引き連れて家へ上がってきた。きちんとしたスーツを着て背筋を伸ばした、白髪交じりのおじさんであった。どこかで見覚えがあるような気がしたが、すぐには思い出せなかった。その人はしばらくリビングを見渡すと、不意にこちらへ目を向けて、私と目が合うなり会釈をした。この夏の胸騒ぎが、一気に加速するのを感じた。

「再審請求が、棄却されました」

その人は低い声で端的に述べると、二秒ほど頭を下げた。上げた顔を改めて見た時、私はその顔をいつかの新聞記事で見たことを思い出した。スーツの胸元には渋いバッジが静かに光り、テーブルに置かれた名刺には「松尾正義」と書かれていた。松尾さんは、あの人の弁護士だった。

「……判決が確定したってことですか」

至って普通の調子で尋ねたつもりだが、どうしたって声が震えた。

「改めて再審請求をすることはできますが、道のりは厳しいでしょう」

松尾さんは淡々と答え、その静けさが私の心の動揺を余計に引き立てた。どうして今になって、この人は私の前に現れたのだろう。ようやくここまで来たのに、私はいつになったらあの人から逃れられるのだろう。あの人のいない、私の夢見る楽園が、またひとつ遠ざかってしまった。

私と、タカ兄と、松尾さんが向かい合ったテーブルでしばらく沈黙が続き、庭ではしゃぐ子どもたちの声がリビングに響いた。しばらくして、沈黙を破るように松尾さんがお茶を一口含み、神妙な面持ちで言った。

「花さん、もう一度、お母様に会ってみたい気持ちはありますか」

「……え？」

一瞬、この人が何を言っているのかさっぱり分からなかった。

「お母様……京子さん、いつもあなたのことばかり口にするんです。花さんは元気か、花さんはどうしているかって」

久しぶりに聞いたあの人の名は、私の中ですっかり他人の響きを持っていて、やはり私は何を言われているのか理解ができなかった。動揺する私の様子を見て、すかさずタカ兄が口を挟んだ。

「ちょっと松尾さん、そういった話は児童相談所と話し合って……」

「これは、花さんと京子さんの問題です」

「ですが、こちらの方針もありますので、」

「すでに十年も経っているんです。もう、いつ手遅れになってもおかしくありません」

そう言って松尾さんは立ち上がると、念押しするようにテーブルに置かれた名刺を私の方へと差し出した。

「あなたはもう、自分で選べるのですよ」

その眼差しの強さに、私は目をそらすことすらできなかった。

「改めて面会の候補日をご連絡しますから、今一度、ご自身で考えてみてください」

残りのお茶を律儀に飲み干して、松尾さんは星の子の家を後にした。タカ兄は慌ててその後を追った。

一人リビングに残された私は、しばらく何を考えるでもなく差し出された名刺を眺め、それから気を紛らわすように庭へ目をやった。ちょうど彼岸花の辺りからこちらを見ていた晴海と目が合って、私は悟られないよう目元を拭った。

二階へ上がり、自分の部屋へ戻ると何も知らない金魚がいつも通りゆったりと泳いでいた。金魚のように、海を忘れることができたなら、どんなに楽だろうか。故郷も知らず、遠くを眺めることもなく、小さな水の中で満ち満ちて一生を終えるのだ。故郷を知らなければ、過去を思う寂しさを知ることもないだろう。遠くを眺めることがなければ、この場のやるせなさを思うこともないだろう。

「あなたはもう、自分で選べるのですよ」

金魚に餌をやりながら、松尾さんの言葉を反芻した。今更、私に何を選べるというのだろう。ここへやって来て、どんなに丁寧に守られても、私がかつてあの人と居たことや、あの人との血の繋がりが消えることは決してなかった。むしろあの人から切り離そうとするほどに、強まっていくようだった。それは家で、学校で、あらゆる通過儀礼で、いつだってまとわりついて私を離そうとしない。どこまでいっても逃れられず、私に選ぶ権利などないのだと、とっくのとうに悟っていた。それなのに、今更何を選べというのだろう。

あの人に会いたいとも、会いたくないとも思えずに、たゆたう金魚をいつまでも眺めていた。あの人に対するあらゆる感情が、もうほとんど枯渇していた。縁側の精霊馬が引き連れた思わぬ客人に、代わり映えしない最後の夏がゆっくりと歪んでいくのを感じた。その日も太陽は憎いほど高く上がり、庭の無邪気な子どもたちをジリジリと照らし続けていた。

＊＊＊

子どもたちの下駄の足音が、カラカラ、カラカラといたずらに弾けていた。普段は履かない靴を履いて、色とりどりの浴衣を纏《まと》う。たとえそれらが使い古されたお下がりだとしても、子どもたちはおとぎ話の王子や姫のように、その非日常的な装いに心浮かれていた。夕暮れの雑木林ではヒグラシの鳴き声が響き、神社の境内に入るとその音は次第に祭囃子へと変わった。私はまだ金魚を眺めていた時のぼんやりとした心持ちのまま、連なる提灯の灯りを眺めていた。綿菓子の焦げる匂いがツンと香って、思い出の断片に触れた気がした。夏の匂いはいつも、遠い記憶を呼び覚ます予兆を秘めている。

境内の中心には矢倉がそびえ立ち、大人も子どもも入り交じって踊っていた。とどんがとん、ととんがとんと手を叩き、矢倉の周りを回り続ける人々を眺めていると、昼間起きたことも、もうすぐ夏が終わることも、すべて嘘のように思えてほっとした。

星の子の家の子どもたちも、ケラケラと笑って輪の中へと踊り出た。私は皆がはぐれてしまわないよう、少し離れたところから輪の全体を見渡していた。盆踊りの輪の中では、誰もが平等であるようだった。同じテンポで、同じように手を上げて、同じように笑っている。あの子には家があって、その子には家がないことや、あの子は愛されて育って、その子は捨てられて育ったことなんかが、全て霞んで同じように見えた。こんな風に見えたままの世界があったなら、私もあの輪に溶け込んで、心ゆくまで踊れただろうか。

矢倉を取り巻く輪の中で、晴海も懸命にその小さな手を夜空に向かって伸ばしていた。いつか私も着ていた朱色の浴衣に真っ赤な帯がふわふわと揺れ、暗がりの中を泳ぎ回っているようだった。あのままどこか遠い楽園へ流れ着いてしまいそうなほど楽しげな彼女を見ていると、私はどうしようもなく不安に駆られた。まだ、全てを知らない彼女の小さな水槽に、いつか押し寄せる大波を想像すると怖い。あの小さな火傷痕にかけられた果てしない呪いから、できる限り、彼女を守りたいと思った。しかし、自分のこともままならない私に、一体何ができるだろう。

見失わないよう晴海を目で追っていると、突然彼女は踊る足を止め、しばらくどこかを眺めると、途端に輪から飛び出して行った。私は慌てて人混みをかき分け、彼女の行先を追った。

「晴海！」

ようやく立ち止まった彼女に追いついて、やっとの思いでその手を摑んだ。晴海は悪気のない顔でこちらを振り返ると、

「これ」

と目を輝かせて前方を指差した。そこは小さな金魚すくいの屋台で、水槽いっぱいの赤や黒の金魚たちが、ぐるぐるとあてもなく泳いでいた。

「はぐれたらダメでしょう」

私は晴海の手を強く引いて、皆のいる方へ引き返そうとした。

「一回だけ」

しかし晴海は戻ろうとせず、屋台の前で駄々をこねた。

「お嬢ちゃん、まけとくよ」

見かねた屋台のおじさんが、笑ってすくい網をこちらへ差し出した。すかさず晴海がそれを受け取ったので、私は仕方なくおじさんに百円を渡すと、晴海の横にしゃがんで浴衣の袖が濡れないようにまくってやった。

金魚たちはスイスイと、すくい網をくぐり抜けて行った。大きな海も知らずに、小さな世界の生き延び方ばかりを心得ていた。結局一匹もすくえないまま、手渡されたすくい網は全て穴が空いてしまった。晴海は煮え切らない様子で、

「もう一回」

と粘った。

「おしまいだよ、戻ろう」

そう言って晴海の手を引くと、

「もう一回やる！」

と晴海は私の手を振り払った。

「みんな待ってるから」

より強く彼女の手を引くと、

「いやだ！」

と晴海も力を増して抵抗した。プツン、と頭の中で何かが弾けるような、はち切れるような鈍い音がした。途端に私は自分でもわけの分からぬまま、

「なんでいい子にできないの！」

と声を上げ、晴海の手を思い切り振り払い、地面に突き飛ばした。

「痛っ……」

はずみで尻餅をついた晴海が、怯えた目でこちらを見上げていた。しまった、やってしまった。お願いだから、そんな目で私を見ないで。責め立てるような眼差しで、私を見上げないで。私はただ、あなたを守りたかっただけなのに。

「……いい子にしても、帰れないじゃん」

晴海が小声で呟いた。私は唖然として、返す言葉がなかった。

「お嬢ちゃんこれ、サービス」

屋台のおじさんがなだめるように、私たちの前に袋をひとつ差し出した。袋に張られた

水の中で、小さな金魚が一匹、物寂しく揺れていた。

私はなぜかその金魚を、いつかどこかで見たことがあるような気がした。忘れていた、否、忘れたと思い込んでいた、遠い遠い夏の記憶。私がちょうど晴海くらいの歳のころ、あの人と過ごした最後の夏のことだった。


十年前、あの人と住んでいた遠くに海の見える街で、地域の夏祭りを訪れていた。あの人は自治体の屋台の手伝いでせわしなかったので、私は小遣いの五百円玉を握りしめ、神社の境内に続く坂道をうろうろと歩いていた。

坂道を登りきる少し手前あたりで、金魚すくいの屋台が目に留まった。錆びついたボロ屋根の下にたらいの水槽がひとつ、その中で赤々とした金魚たちが一面に泳ぎ回っていた。木箱に腰掛けたテキ屋のおじさんが、私と目が合うなりニッコリと微笑んだ。私は、金魚をすくってあの人に見せれば喜んでもらえるような気がして、おじさんに五百円玉を差し出した。

小さな手を不器用に何度も突っ込んで、水しぶきを上げながら夢中になって金魚を追いかけた。挑んでは逃げられ、挑んでは逃げられて、あっという間に五百円分のすくい網に全て穴が空いてしまった。どんなにポケットを漁っても、もう使える小遣いも残っておらず、私はやはりあの人を喜ばせることなんてできないのだと、途方に暮れていた。

「ほら、お母さんに持ってきな」

不意にテキ屋のおじさんが再びニッコリ微笑んで、サービスで金魚を手渡してくれた。袋の中で右往左往している一匹の赤い金魚が、何だかとても特別でかけがえのないもののように思えた。

「ありがとう」

そう言って金魚の入った袋を受け取ると、私はいてもたってもいられずあの人を捜しに駆け出した。夕暮れの境内は少しずつ人が増え、八歳の私の背丈では遠くを見渡すのに少し足りなかった。それでも懸命に首を伸ばし足を走らせて、私は金魚の袋を落とさないよう気をつけながらあの人を捜した。

しばらく進んで、私はようやく境内に漂う不穏な空気に気がついた。何人かの人たちが、地面にうずくまり動けずにいる。それに寄り添う家族や友人が、必死に声をかけ周りに助けを求めている。その周囲にはかき氷の容器が無造作に転がって、地面に中身が散らばっている。さらに奥の方では、誰かが罵声を上げている。遠くの方からは、救急車のサイレンも響き始めている。何か様子がおかしかった。

私は嫌な予感がして、金魚の袋をぎゅっと握りしめると、騒がしい声がする方へとゆっ

くり足を進めた。「氷」と書かれた旗が翻る屋台のそばで、一人の男が激昂し、

「誰だ、かき氷作ったの！」

と叫びながら取り押さえられていた。その前で、屋台の中のあの人が、冷めた目で男を見下ろしながら突っ立っていた。近くにいた人たちが恐れおののいた様子で、あの人から距離を置いていた。誰もが怯え混沌とした状況の中で、あの人だけが至って平穏な空気を纏っていた。その口元は、少し微笑んでいるようにすら見えた。

あの人だ。あの人がやったのだ。何が起きているのかはわからなかったが、あの人が何か取り返しのつかないことを犯してしまったのだと、私は直感した。鳴り止まぬ祭囃子が胸の鼓動を掻き立てて、息が苦しかった。あの人はどうなってしまうのだろう。私はどうなってしまうのだろう。

「瀬戸口さん、ちょっと」

自治体の人たちに肩を摑まれ振り返ると、あの人は動じることもなく自らそちらの方へと歩んで行った。歩んだ先には到着したばかりの警察が待ち構え、パトカーのランプがチカチカと辺りを赤く染めていた。

「ママ！」

私は思わず声を上げ、あの人に駆け寄ろうとした。

「ママ！　行かないで！」

駆け寄る足を周りに止められて、それでも必死に呼びかけた。

「ママ！」

不意に、私の声を聞いたあの人が歩む足を止め、ゆっくりこちらを振り返ると、果てしなく遠い微笑を浮かべてこう言った。

「花、いい子でね」

たったひとつ言い捨てて、あの人はもう二度と手の届かない遠いところへ行ってしまった。その声はまるで、世界の全てが崩れ落ちる音のようだった。何も知らない一匹の金魚だけが、変わらず袋いっぱいの水の中を悠々と泳いでいた。あの人に見せるはずだった赤い金魚が、行き場を失ったことも知らぬまま、いつまでもいつまでも泳いでいた。

＊＊＊

目が覚めるとそこはいつもの部屋の、いつもの布団の上だった。起き上がると頭が少し痛んで、額からぬるくなった濡れタオルが落ちた。誰かが看病してくれていたらしい。昨晩、金魚すくいをした後のことがほとんど思い出せなかった。思い出せるのは、晴海の怯えた目と、今まで閉じ込めていた遠い夏の記憶だけだ。気を失っていたのだろうか。

しばらく呆然と部屋の静けさに身を委ねていると、ふとその静けさに違和感を覚えた。部屋を見渡すと、金魚鉢がなかった。いつもは聞こえるポンプの低い音がしない。身体ばかり大きくなった私の金魚は、どこへ行ってしまったのだろう。

重い身体を動かして階段を下りリビングの扉に手をかけると、微かに低い音が響くのが聞こえた。入ってみれば、リビングの棚のペン立てのそばに、私の金魚鉢が移されていた。中を覗くと、大きな金魚と小さな金魚が、二匹で泳ぎ回っている。晴海の金魚は小さいながらも、懸命に尾ひれを振って前へ進んでいた。彼女はもう、この金魚に名前をつけただろうか。十年間、名付ける勇気のなかった私の金魚は、名前を欲しているだろうか。

「ただいま」

タカ兄の声がして振り返った。

「おう、具合大丈夫か」

「うん……みんなは？」

「今日から一時帰宅だ。今送ってきた」

「そっか」

すっかり静かなリビングを見渡して、一人っ子ならばこんな感じだろうかと想像を巡らせた。金魚鉢に視線を戻すと、ふと心がざわついて、私はもう一度タカ兄に尋ねた。

「……晴海は？」

「晴海も帰した」

「え……でも、」

「大丈夫だ、何かあったらちゃんと連絡するように、」

「何かあってからじゃ遅いでしょう！」

昨晩の、怯えた晴海の目を思い返した。あの目は、絶望を知っている。それも一度や二度の話ではなく、何度も期待しては裏切られ、それでも愛を欲してきた者の目だ。

「こういうことは本人の希望に寄り添ってだな、」

「タカ兄、晴海のこと何もわかってないじゃん」

「じゃあ花は、晴海のことわかってるのか？」

「それは……」

何も返せなかった。たった少しの間、一緒に過ごしただけの女の子に、私は何を思いあがっていたのだろう。勝手に過去の自分と重ねて、守りたいなどと思いあがって、本当に彼女が希望することなど私は少しも知らない。彼女の過去も現在も未来も、私には知る由もない。

「どんな親でも、晴海にとってはたった一人の母親なんだよ。そこから引き離す権利は、他の誰にもない」

「……」

「花だってそうだろう」

あの人のことに触れられて、再び頭が痛んだ。引き離されるほどに、時が経つほどに執着してしまうその矛盾の痛みを、私も重々知っている。自分を産んだその人に愛されたいと望むのは、私たちに備わる一種の生存本能だ。その本能に背くということは、自分自身の存在を否定するようなものである。あの人に愛されないということは、自分がここに存在しないことと同じなのだ。だからどんなに拒絶されようが、私たちは愛されたいと願ってしまう。

願っても願っても叶わない苦しみに耐えかねて、私はずっとあの人のいない楽園を夢見てきた。人魚姫のように生まれ変わって地上の楽園に出られたなら、たとえ大切な何かを失ったとしても、私はそれで幸せだと思っていた。しかしどこまで逃げ、距離を置き、私の知らない場所でいつかあの人が死んだとしても、この渇望が消えることはないのだろうか。無視できぬ心の矛盾に呑み込まれ、海の藻屑となる定めか。

「あの人に会えば、何かが変わるのかな」

そんなこと、この十年間で一度も考えたことはなかった。自分で発しておきながら、その言葉の重みに震えた。

「変わるかもしれないし、変わらないかもしれない」

「自分でも、どうしたいのかわからない」

「……今すぐにわからなくてもいいんじゃないか」

タカ兄は私の握っていた濡れタオルを受け取ると、加えて言った。

「今月、三十一日なら面会ができるって、松尾さんから連絡があった。ゆっくりでいいから、花が決めたらいい」

タカ兄が濡れタオルを持って洗濯場へ行ってしまうと、再び静かなリビングに金魚鉢のポンプの音だけが小さく響いた。出会ったばかりの二匹の金魚が、まるで親子のように身を寄せて、パクパクと口を開け餌をせがんでいた。

＊＊＊

「これは？」

「アネモネ」

「じゃあ、これは？」
「フリージア」
「こっちは？」
「スイートピー」

あの人は花の名前に詳しかった。絵本や図鑑に出てくる花の名を、いつもぴたりと当ててみせた。花が好きだったから、私を花と名付けた。私には一生、あの人の好きなものの名がついている。名前はその人の一生涯にかけられた、祈りでもあり呪いでもある。

あの花の名は何だろうかと、洗濯物を干しながら庭の片隅の雑草を見ていた。子どもたちの一時帰宅から一週間が経ち、誰も走り回ることのない庭で、普段よりも堂々と草花が伸びていた。ピンクや黄色の花々を見ながら、あの人の名付けた花とは一体どんな種類だったのかと想像したが、想像するほどに思考はぼやけた。

「花、いい子でね」

祭りの日から、頭にこびりついて離れない。その表情が、声色が、匂いが、湿度が、あまりにも鮮明で、まるで手を伸ばせばあの人に触れられるかのように思い出された。あの人の言ういい子というのが、一体どんな子を指すのかわからなかった。たったひとつわかるのは、私はそれには程遠いということだ。

「ただいま！」

久しぶりに玄関から子どもたちの声が聞こえて、私は急いで残りの洗濯物を干しきると、リビングへ戻った。

「花ちゃん見て！」

「ママと作った！」

武彦と智彦が飛びつくようにやってきて、折り鶴を見せてくれた。二人の母親は病気で入院しており、久しぶりにお見舞いに行けた思い出を嬉しそうに話してくれた。

「アイツら自慢してる」

「なんだ、ミツは楽しくなかったのか？」

「別に。クソみたいに普通」

家庭に帰れない代わりに保育士さんの実家に泊まっていたみっちゃんは、皆を羨むように眉間にシワを寄せていた。

一時帰宅から戻った子どもたちは、楽しそうに家での出来事を語る子、寂しくて泣いてしまう子、複雑な気持ちで悶々としている子、自分でも気持ちがわからずぼんやりとしている子など、皆それぞれ違った感情を持ち帰ってきた。それでもしばらくすると、再びここでの暮らしに溶け込んで、何事もなかったかのように架空の家族を演じるのだ。

「ほらみんな、帰ったらまず手洗うんだろう」

タカ兄は、久しぶりの慌ただしい日常に困り顔をしながらも、どこか嬉しげな様子であった。洗面所に列をなす子どもたちにちょっかいを出しながら、一人一人の表情をよく見ていた。

「あれ、晴海は？」

ふと気がついて、私はタカ兄に尋ねた。

「ああ、晴海は延長になったよ」

「え？」

「電話で確認したら、もう少し家にいたいって」

「晴海が言ったの？」

「うん。もしかしたら、家庭復帰できる日も近いかもな」

「でも……」

「あ、こら！　あー、もったいない、びしょ濡れだ」

麦が出しすぎた水を慌てて止めると、タカ兄はタオルを取りにその場を離れた。私は床に滴る水を眺めながら、胸のざわめきを止められずにいた。本当に、晴海が家にいたいと言ったのだろうか。考えすぎだと思いつつ、あの小さな火傷痕を思い返すとどうしても不安に駆られた。せめて、彼女が今どこでどんな思いでいるのか、この目で確かめたかった。しかし私には、そんな権利も責任も何ひとつないのだと我に返り、ただただ嫌な予感を覚えながら虚しさを握りしめていた。祭りの日、晴海を突き飛ばしてしまってから、謝ることすらできていない。

子どもたちが荷物を片付けるのを手伝いながら、ふと晴海のキルト生地の手提げが目に留まった。この小さな手提げとぬいぐるみを勇ましく持って、駅のホームに立っていた日のことが、ついこの間なのにとても懐かしく思えた。手提げのポケットから小さく折り畳まれた紙がはみ出していて、私はそっと手に取って開いた。そこには色とりどりの花畑で手を繫ぐ、女の子とウサギの絵が描かれていた。女の子は晴海だろうか。目の中に星が輝いて、愛らしかった。では、このウサギは一体誰だろう。八歳の女の子が作った小さな紙のお守りで、彼女が手を繫ぎたいと願った人を想像し、私は胸が痛んだ。

「アジサイ、スミレ、マーガレット……」

絵の中の花々に、想像で名前を付けてみた。花の種類だけは、知りすぎるほどに知っていた。たとえ晴海の手を取るウサギになることができなくても、せめて私は彼女のそばに咲く花々でありたかった。嬉しい時は祝福し、悲しい時はそっと寄り添う、風が吹いても日照りが続いても決して枯れない、彼女の花々でありたかった。

＊＊＊

「台風十五号が、非常に強い勢力で日本列島に接近しています」

真夏のピークが去って、遠い彼方で生まれた熱帯性低気圧がこちらへ向かおうとしていた。そんなことはつゆ知らず、晴海だけがいないリビングで、子どもたちはやり残した宿題に追われていた。タカ兄は嵐が来る前に壊れた屋根を直すと言うので、私はついでに門扉の看板のニスと、取っ手のペンキと、レールの滑りを直したほうが良いと伝えた。

夏は子どもたちの身も心もひとまわり大きくしたように見えたが、私は結局これからのこともこれまでのことにも踏ん切りをつけられぬまま、曖昧な心持ちで八月三十日を迎えていた。

あの人は十年前、夏祭りの会場で人々の命を奪った。使われたのは、いつか私が小さな虫たちを殺めようとしたのと同じ、畑の農薬だった。私とあの人の過ごした畑の土地は、あの夏、地域の開発事業のため明け渡すよう要請されていた。それが原因で生まれたあの人と自治体との軋轢《あつれき》が犯行の動機だと、後に読んだ新聞記事に書かれていた。

しかし私の目から見れば、あの人はそれ以前からとうに壊れていたように思えた。孤独で、寂しそうで、心に穴が空いていて、それを埋めるようにあの小さな畑の中で小さな私を繋ぎ止めていた。あの人にとっても、私にとっても、それだけが世界の全てであった。その世界を、あの人はついに自らの手で壊し、ある日突然二度と手の届かぬところへ行ってしまった。

世界の全てを失った私は、あの金魚と同じように、日も射さず雨も降らない水槽の中を、十年間ただひたすらに泳いでいた。名もなくあてもないまま、形だけはいい子を装ってぐるぐると泳いでみせたが、泳ぐほどに虚しさが渦巻いて押し寄せた。

「花、いい子でね」

いつになったら、私はあなたのいい子になれますか。いい子になれば、あなたはその手で私を撫で、優しく抱きとめてくれますか。

「いい子にしても、帰れないじゃん」

わかっている。晴海の言った通り、どんなにいい子になったって、帰れる場所もなければ迎えてくれる人もいない。あの人の言う「いい子」とは、解き方のない呪いなのだ。そうとわかっていながらも、私はかつての世界の全てを手放すことができなかった。手放したくても、できなかった。あの人のいい子をやめてしまえば、私は誰の何になれば良いのかわからない。あの人のいい子でいること以外に、私は私自身を見出すことができなかった。その虚しさを自覚しながらも、もはやどうすることもできない。

「花ー、ドライバー」

庭の方から、不意に屋根を直すタカ兄の声が聞こえた。私は工具箱を漁ったが、ドライバーの種類がわからなかったので、箱ごとタカ兄のもとへと運んだ。

はしごを上って屋根に上がると、庭中を一目で見渡せた。青々とした草木は秋に向けてほんのり黄色く色づき、熟れすぎた木の実は庭の隅へ転がり、なくしたボールが垣根に引っかかっていた。初めてやってきた日には広々として見えた庭が、今、こうして上から見下ろすと、とてもちっぽけに思えた。こうして神様のような視点で庭を見下ろしていると、私の中に渦巻くモヤも不意にちっぽけに思えて、少しだけ深い呼吸ができた。振り返ってタカ兄の方を見ると、幼い頃私をおぶってくれたあの大きな背中も、ずいぶん丸く小さくなったようだった。

「ねえ、タカ兄」

「ん？」

屋根の修理を続けながら、タカ兄が応じた。

「何にもわからない」

「うん」

「進路のことも、昔のことも、あの人に会いに行くべきかどうかも」

「うん」

「うんって、なんとか言ってよ、家族でしょ」

「家族だからこそ、どうにもできない時だってあるんだよ」

「家族ってしょうもないね」

「……そうだな」

修理の手を止めると、タカ兄はこちらに向き直って言った。

「ただ、花が今何もわからないって悩んでいるのは、必死にわかろうとしてるってことなんじゃないか」

「……」

「花の代わりになってその答えを見つけてやることはできないけど、どんなに時間がかかってもその時を待っているし、どんな答えでも受け止めるよ」

「本当に？」

「うん」

「絶対にいなくならない？」

「いなくなったりしない」

「百年後でも？」

「長生きしないとなあ」

口にして初めて、私はいつか来るタカ兄がいなくなってしまう日のことを想像して、無性に寂しくなった。

「タカ兄、死んだりしないでね」

「失礼な。まだまだ死ぬわけにはいかないよ」

寂しさを悟られないように、私はタカ兄から顔を背けて再び庭の方を見た。私のシャラノキと晴海のコブシの木が、並んでこちらへ向かって伸びていた。

「花は今、生まれてきて良かったって思えるか？」

突然の問いかけに驚いたが、至って真剣なその声色を感じ取って、私もじっと考えてみた。

「生まれてきたこととか……そういうのはよくわかんないけど、」

「うん」

「ここに来られたことは、良かったと思う」

「そうか」

「うん……そう思う」

不意に強い風がひとつ吹いて、草木の香りが屋根の上まで立ち込めた。

「吹いてきたな、戻ろうか」

そう言ってタカ兄と私ははしごを下りた。タカ兄がはしごを片しに行っている間、私は晴海のコブシの木を見ていた。少し背丈は伸びたけれど、まだまだ細くか弱くて、嵐に耐え得るか不安になった。同時に、たった今晴海がどこでどんな心持ちでいるのか、彼女のもとに荒波が押し寄せてはいないかと、無性に様子が気にかかった。


その晩、私はタカ兄がお風呂に入っている隙に、職員の部屋へ入ってこっそり資料を漁った。そこから晴海のファイルを見つけ、住所の書かれた紙を取り出した。ファイルをしまい顔を上げると、ホワイトボードに「三十一日、花面会日」と書かれていた。私はまだ、答えを出せずにいた。手元の紙を握り、視線の先の文字を見つめ、明日の私に作り得る未来を漠然と思い描いていた。

＊　＊　＊

電車に乗って遠くへ行くのがこんなに簡単なことだったなんて、私は思わず拍子抜けしてしまった。幼い頃は駅のホームと電車との隙間が果てしなく深く見えたのに、飛び越えてしまえばなんてことのない溝だった。誰にも言わず遠くへ行くのは生まれて初めてだ。夏の終わりで街へ帰る人が多い中、ひとり逆行していく私は、夏の尾ひれを必死に摑み追いかけているかのようだった。このまま、終わらせるわけにはいかなかった。

車窓から見える景色は次第に青から緑へと変わり、乗り継ぎながら一時間ばかり揺られて、見知らぬ田舎町へと降り立った。無人駅のホームにぽつりと立つと、突然不安に駆られたが、もはや引き返すことはできなかった。

昨晩調べて何度もシミュレーションした道のりを、慎重にたどっていった。私に何ができるのか、こんなところへ来て何の意味があるのかと何度も問うたが、それでも歩みを止めなかった。十五分ほど進むと、寂れたスナック街に差し掛かった。曲がり角の目印にしていたスナックの看板は色褪せひび割れて、テナント募集のプレートが立てかけられていた。昼下がりのスナック街は不気味なほどに静かで、本当にこの街が夜には息をしているのか、にわかに信じ難かった。私は見知らぬ町でひとり、神隠しにでもあったような心地でいた。

さらに奥まった路地裏へ入って、私は辺りを見渡しながら進んで行った。道を一本間違えたかと引き返すべく振り返った途端、目に飛び込んだ光景に思わず息を呑んだ。

「……晴海、」

近づいて恐る恐る声をかけると、晴海は変わらぬ野生の眼差しで強くこちらを見上げた。彼女はスナックの裏の駐車場で一人、小脇にウサギのぬいぐるみを抱えて、地面に石で絵を描いていた。その右腕には、遠目に見ても鮮やかに飛び込んでくるほどの、大きな赤紫色のあざがあった。どうしてもっと早くに、ここへ来てやれなかったのだろう。彼女の身が傷つけられる前に、どうしてここから連れ出してやれなかったのだろう。私は自分のことばかりで、結局彼女を守れなかった。本当に、どこまでもちっぽけで愚かだ。それでも……。

気づけば私は晴海の手をとって、見知らぬ町を駆け抜けていた。二人ぼっちで、できるだけ遠くまで逃げようと思った。私にできることなど見当もつかないけれど、せめて今この瞬間、晴海の小さな手を離さずにいようと思った。傾き始めた西日に向かって、無我夢中で駆け抜けた。遠くの方で微かに落雷の音がしたが、それも気にならないほどに、私は一心不乱になっていた。

小さな港に走り出ると、息を切らして立ち止まった。私はすっかり伸びた晴海の亜麻色の髪を撫で、そっと語りかけた。

「晴海、ごめんね」

「……なに？」

「お祭りの日のこと」

晴海はしばらく私の目をまっすぐ見つめて、それから小さく頷いた。久しぶりに見た晴海の姿の愛らしさに思わず微笑むと、晴海も笑って返した。笑った途端に互いのお腹が鳴ったので、さらに可笑しさがこみ上げて、今度は二人で声を出して笑った。

近くの売店で三百九十円の弁当を買って港へ戻ると、船着場の板に腰掛けて二人でご飯をつついた。なんてことのない平凡な唐揚げ弁当だったが、二人で逃げ出して食べるその味は、とびきりのごちそうのようだった。星の子の家の街とは違うチャイム音が十七時を告げ、空を見上げると雨雲がすぐそこまで迫っていた。弁当を食べ進めるうちに、次第に風も強まって、とうとう雨が降り出した。私と晴海は慌てて蓋を閉じ、港に停められた古い小舟の中へと駆け込んだ。

「止まないね」

「……うん」

雨は止むどころか日暮れと共に勢いを増し、豪雨と強風と落雷が船の周りを襲った。私と晴海は小舟の中で身を寄せ合って、そこはまるで世界の終わりから逃れる私たちだけの方舟のようだった。私がタオルを差し出すと、晴海はそれで濡れたウサギのぬいぐるみを大事そうに包んだ。晴海が大きなあくびをひとつしたので、そっと肩を差し出すと、晴海はコトンと首を傾け私の胸元で目を閉じた。

ふと、何の気なしに、私は子守唄のようにあの歌を口ずさんでいた。夢の中で、遠い昔の記憶の中で、あの人がいつも口ずさんでいたクラシック。どうして、同じ歌を歌ってしまうのだろう。あの人に似た自分の声が、耳に入ってくるのが苦しい。ずっと怖かったのに、恨んでいたのに、忘れようとしていたのに。その日、結局あの人に会うことを選べなかった私は、自分が忌々しくてたまらなかった。

「あなたはもう、自分で選べるのですよ」

否、選べなかったのではない、選ばなかったのだ。私はこの日、自らの選択でいい子で在ることを放棄したのだ。生まれて初めて自分の手で選び取ったいい子でない私の世界は、想像以上に広く、果てしなく、それでいてひとりぼっちで怖かった。この大海原を、泳ぎ切る自信がまるでない。あの人を選ばなかったという重石を一生ぶら下げて、私はどこまで行けるだろうか。楽園などとは程遠い、まだまだ海のはじまりにいた。

「花ちゃん……どうしたの?」

私の歌が止まったことに気がついて、晴海が寝ぼけまなこで尋ねた。

「……ママに会いたいの?」

そんなはずはないとわかっていながら、いつかの自分に尋ねられたような気がして、胸が締め付けられた。

「晴海、いい子にするよ」

そう言って晴海は小さな小指をそっと私に差し出した。誓いを立てるような眼差しで、まっすぐ私を見つめていた。私は、あの人のいない、しかし晴海のいるこの世界で、私たちにかけられた呪いを解かなければならないと思った。

「いい子じゃなくていいんだよ」

私は晴海の小指も、手のひらも、全て丸ごと包み込んで強く握った。それからそっと身を寄せて、優しく抱きしめた。晴海も、私も、いい子でも、悪い子でも、私たちがどんな子だとしても、丸ごと愛おしいと思えた。たとえ私たちが海を知らない金魚でも、二人でならどこまでも、泳いでいけるような気がした。

＊　＊　＊

赤や黄色や青や白、この世の全ての色を集めたような色とりどりの花々が、あたり一面に咲いていた。アサガオも、ヒマワリも、カーネーションも、スズランも、季節を超えて皆いっぺんに咲いていた。風が吹けば優しい香りが立ち込めて、花びらが空に舞った。私はその花びらを摑み取ろうと、立ち上がって追いかけた。赤い花びらをひとつ摑んで手を開いてみれば、たちまち溶けて消えてしまった。今度は薄紫を摑んでみたけれど、またも手のひらで消えてしまった。そんなことをいつまでも繰り返しながら、私は何だかとても満たされた気持ちでいた。ついさっきまで誰かのことを捜していたような気がするのだが、そんなことはどうでも良いと思えるほどに、心が満ち満ちていた。ここは、私の夢見た楽園だろうか。やっと、たどり着くことができたのか。

花びらを追いかけていくと、不意に視線の先で小さな何かが動いたような気がした。私は花びらを摑むのをやめ、恐る恐るそちらへと忍び寄った。花々をかき分け覗いてみると、そこには一匹の仔ウサギが横たわっていた。ウサギは怪我をしており、呼吸が浅く、今にも息絶えそうな様子でいた。そっと手を伸ばし触れてみると、その身体は救いようもないほどに冷たい。

途端に私の周りの花々が枯れ果てて、そこはもはや荒地と化していた。あたたかな日差しも、優しい風も消え失せて、永遠とも思える暗闇が訪れた。闇の中で私は一人、ウサギの亡骸を抱えていた。もう、為す術もないところまで行きついて、私はようやく捜していた人のことを思い出した。もはや遅すぎるとわかっていながら、私はその名を叫ばずにはいられなかった。

「——!」


目を覚ますと、私は見知らぬ部屋にいた。どこかの救護室のような場所で、小さなベッドに横たわり、額にはうっすら汗をかいていた。ここはどこだろう。どうしてここにいるのだろう。楽園とは到底言えぬ殺風景な部屋を見渡していると、知らないおじさんとおばさんが二人、扉を叩いて入ってきた。

「気分はどうだい?」

彼らの胸元の名札を見て、ここが役所であることを知った。そうだ、昨晩私は晴海を連れ出して……。晴海、晴海はどこへ行ったのだろう。別の部屋で保護されているのだろうか。ひとり寂しい思いをしてはいないだろうか。

「痛いところはない?」

「どうして船の中にいたのかな」

「お腹、空いたんじゃない?」

「寒くなかった?」

「昨晩のこと、教えてもらいたいんだけど」

「親御さん、きっと心配しているよ」

役所の事務室で色々聞かれたが、疲れで頭がぼんやりして何も答えられなかった。星の子の家を抜け出して、あの人を捨てて、晴海を連れ出して、二人で逃げて、結局離れ離れになった。もはや何をする気力も残っていなかった。何も答えられないまま、私はさっき見た夢の記憶をたどっていた。数分前のことなのに既に所々消えかかり、断片的にしか思い出せない。私は誰を呼んでいたのだろう。あたたかい感情とつめたい感情の温度だけが、なんとなく胸の辺りにわだかまっていた。

「花！」

突然事務室の扉が開いて、タカ兄が駆け込んできた。

「本当に、ご迷惑おかけしました。花、どうして……」

「晴海は？」

私は思わず立ち上がり、タカ兄に尋ねた。私が急に口を開いたので、役所の職員たちが驚いた様子でいた。

「今、児童相談所に保護されて問診を受けてる」

「晴海は……」

「いずれ、星の子に帰ってくるよ。……当分母親に会わせることはない」

「……遅いよ」

もっと早くに、もっと初めから、晴海に手を差し伸べるべきだった。気づいてあげるべきだった。否、私はとっくに予兆を感じ取っていたはずなのに、自分のことばかりで何もしてやれなかった。結局こうなるまで、何ひとつできなかった。ただただ、途方もない無力感が私を襲った。目の前でタカ兄が何も言えずに、下を向いて拳を握りしめていた。きっとタカ兄も同じ無力感を、その手のひらの中に握っていた。

「それじゃあ、お気をつけて」

間の抜けた職員の挨拶を聞いて、私とタカ兄は役所を後にした。外は昨日の嵐が嘘みたいに去って、かんかん照りの暑さだった。行先に海が見えて、昔住んでいた町の景色に少し似ていた。蜃気楼で遠くの船が空にふわりと浮かんで見え、夏の端っこを泳いでいるようだった。

＊＊＊

九月に入り数日経っても残暑は続き、庭の木々たちはカラカラに乾いて水を欲していた。九月の初めは一年で最も子どもの自殺が多いと、いつかニュースで言っていた。九月になろうが、新学期が始まろうが、どうにもできない乾いた日常に耐えかねて、行ってしまうのだろうか。確かに私たちの日常には、私たちではどうにもできない何か大きな力が働いているようで、時々その途方もなさに身震いする。それは気づかないくらいの速さで、しかし着実に、私たちの日常を蝕んでいく。気づいた時には取り返しのつかないほどに朽ち果てて、もう捨てる他にないと思い至ることもある。

思い返せばこの夏も、ゆったりと絶え間なく私たちの日常は変わっていった。おびただしい雨の中、晴海がこの家へやってきた。ウサギのぬいぐるみを握りしめていたその小さな手は、気づけば私の手に繫がれて、そしてまた離れていった。

武彦と智彦は一時帰宅のあと、母親の容態が良くなって家族で田舎へ引っ越すことになった。二人は夢見た母親との生活を喜びつつも、突然訪れた星の子の家との別れが寂しそうな様子でいた。

みっちゃんは始業式から帰って、身長が一センチ伸びたことを得意げに話してくれた。朝まで学校へ行くのを渋っていたのが噓みたいで、私はほっとした。

麦と里見は同じ日に下の乳歯が抜けて、せーのでそれぞれの木に向かって投げた。何をするにも一緒の二人は、まるで本当の姉妹のようで微笑ましかった。

二歳にしては言葉の遅い源ちゃんは、この夏初めて「ママ」と口にした。保育士さんに向かってママ、ママ、と一生懸命手を伸ばす姿は、この世のどんな言葉でも言い表せない愛らしさがあった。

タカ兄が役所へ迎えに来てくれた日、星の子の家へ帰ると門扉の艶やかな看板と青く塗られた取っ手が待ち構え、押すと車輪はスッとレールに沿って動いた。私の好きな色にしたのだと、ドアノブに触れたタカ兄が誇らしげに言った。

あの人に会うことを選ばなかった私は、楽園の夢を見るのをやめた。自ら選び取ったこの地続きの世界を、息絶えるまで進むしかないのだと悟った。十八歳と少しの私が、この広すぎる世界でどこまでやれるのか、今は見当もつかない。一寸先は闇どころか、やりたいこともやるべきことも摑みきれぬ、無色透明の不甲斐ない世界だ。

高校を卒業したら、どこに住もうか。タカ兄はしばらくここにいたら良いと言うけれど、やはり小さくても良いから、自分で選んだ場所に住んでみたい。そうして青いカーテンを買って、休みの日はいつまでも風にそよぐのを眺めるのだ。お金はどうやって稼ごうか。早起きは苦手だが、掃除や料理や洗濯ならばちょっとはマシにできるだろう。こんな私でも、ほんの少しくらい誰かの役に立ってみたい。夏にはバルコニーの鉢植えでミニトマトを育てて、赤い実をつけるまでそっと見守りたい。冬にはかじかむ手を銭湯で温めて、湯上がりにアイスクリームを頰張ろう。ささやかでいいから、ひとつひとつ、私の世界を選んでいきたい。どんなにちっぽけで愚かでも、私は私の花をこの世界に咲かせたい。

かき乱された夏の果てで、私の心はどこかスッとしていた。あの人のことも、晴海のことも、自分自身のことも、前に進むどころか果てしなく後退したけれど、もう失うものはないというある種の諦念が、私をどうにか立たせていた。諦めに背中を押されて不思議な心地がしたが、何にせよこの途方もない日常を自分の足で行くしかないのだと、拙い覚悟が私の中に芽生えていた。

放課後の子どもたちが庭に駆け出して、セミの抜け殻を拾い集めている。庭の木々は秋の準備を始めて、モミジやキンモクセイがうずうずとその時を待っている。物干し竿には今朝誰かがおねしょをした布団が、申し訳なさそうに西日に照らされている。台所ではタカ兄がテレビコマーシャルの歌を歌いながら、大鍋をかき混ぜている。ナツメグの香りがリビングまで漂って、昼寝をしている源ちゃんの鼻が小さく動く。金魚鉢のポンプは相変わらず低い音を立てて、二匹の名もない金魚がぐるぐると泳ぎ回っている。今日も変わらない日常が、着実に何かを変えながら、何食わぬ顔で過ぎてゆく。

不意に、流れ行く日常の見えない力に逆らってみたいという衝動が、私の心を微かに揺さぶった。気づけば小さなガラスのコップを手に取って、私は金魚鉢の前に立っていた。十年間、人知れず「ただいま」と語りかけてきた私の金魚。いつかあの人に見せてやりたかった、私の名もない赤い金魚。

あなたは誰で、どこへ向かって泳いでいるの？

私は人目を忍んでそっと金魚をコップにすくった。金魚鉢に残された小さいほうの赤い金魚が、思いがけず広くなった鉢の中を威勢よく泳ぎ回っていた。

ガラスのコップを手にしたままこっそり玄関を抜け出すと、西日が強く射して首の後ろがじりじりと焼けた。視線の先では陽炎が昇り立ち、景色が幻のように揺れていた。私はコップの水がこぼれないよう気をつけながら、一歩一歩踏みしめるように、潮の香りのする方へ歩んでいった。

歩み進めるほどに潮風が強く吹き、アスファルトの道は次第に砂交じりになっていった。雑木林の細くて長い道を抜けると、途端にあたり一面白砂が広がって、沈みゆく夕日をきらきらと照らしていた。水面に反射した光の粒が道筋のように連なって、私を波打ち際へと誘った。私は導かれるままにまっすぐと、海へ向かって進んでいった。いつか夢で見た白い砂浜に似ているような気がしたが、もう、私の視線の先にあの人の姿はなかった。遠い彼方の太陽と果てしない海だけが、ただ目の前に広がっていた。

海と砂浜との境目にたどり着いて、寄せては返す波が私の足元を濡らした。それでも尚、私は歩みを止めずさらに先へと進んでいった。膝小僧まで海に浸って、私はすっかり光の粒の中に立っていた。歩みを止めてあたりを見渡すと、遠くから流れ着いた無数の光の宝石が、波に乗って消えていくようだった。永遠に摑むことのできないその光に囲まれて、私はその場にひざまずいた。

ガラスのコップを包む両手が半分海に浸されて、私はその手をそっと太陽の方へ傾けた。波が押し寄せ、そうして返っていく中で、私の金魚は広い海へと放たれた。それは金魚の意思か、うねる波の力なのかはわからないが、放たれた金魚はまっすぐ尾ひれを振って、光の粒の中に消えた。そのうち力尽き果てて、暗い海底へ沈んでいくだろうか。それとも遠い遠い自然界の記憶がふと蘇り、新たな世界を懸命に泳いでいくだろうか。そんなおとぎ話はありえないとわかっていながらも、私は心の奥底で、名もない金魚の奇跡を信じていた。信じなければ、今にも自分もろともこの海の底へと引きずり込まれてしまいそうで怖かった。

「ママ、」

私は思わずあの人を呼んだ。

「ママ、」

届かぬ声が虚しく波音にかき消され、それでも私は呼び続けた。

「ママ！」

ずっと呼びたかったあの人の名を、ずっと呼んで欲しかった私の名を、今日、ここで全て流してしまおう。この世界の丸さに乗って、いつか優しさとなって返ってくる日を信じて待とう。私はその日まで、どんな荒波が押し寄せても、恐ろしい強風が吹いても、「おかえり」と言えるようにこの世界で生きていよう。

日は傾くにつれ赤みを増し、泳いでいった金魚の色を映しているかのようだった。額にポツリと水の当たる感覚がして空を見上げると、次第にそれは強まって、通りすがりの夕立が降り注いだ。雨の等しさの中で、私はなぜかもうすぐ晴海が帰ってくるような気がして、まっさらな白い海辺を振り返った。

みっちゃんはね、

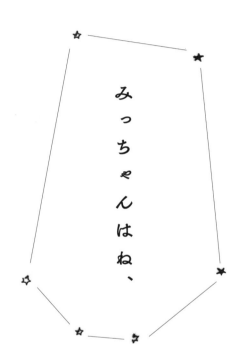

「みっちゃんはね、ミツキっていうんだほんとはね、」

ある日の放課後、みっちゃんが庭のプラスチックの滑り台に腰掛けて、ひとり陽気に歌っていた。

「だけどちっちゃいから自分のことみっちゃんって呼ぶんだよ、おかしいな、みっちゃん！」

小学四年生のみっちゃんはお世辞にも小さいとは言えないがっしりとした体格で、いつもほっぺたを真っ赤に染めながら大きな声で話す。九月も中旬に差し掛かり、日暮れになると涼しい風が吹くようになったが、みっちゃんはまだノースリーブで背中に汗を滲ませていた。お山の大将さながら、子ども用の滑り台のてっぺんにお尻をぎゅうぎゅうに詰めて歌う様子が絶妙に可笑しくて、私は無意識に声を出して笑った。

「何笑ってんだよ！」

笑い声に気づいたみっちゃんが、縁側で本を読む私に問いかけた。相変わらず口は悪いが、それでも憎めない愛嬌がみっちゃんにはある。ちょうど読んでいた「みにくいアヒルの子」に登場する威張ったメンドリのようで、尚さら可笑しさがこみ上げた。

「だってみっちゃん、もう小さくないでしょう？」

みっちゃんの重みで軋む滑り台を心配しながら尋ねると、

「まだ子どもだもん」

と彼女は言い張った。

「じゃあ、みっちゃんはいつまで子どもなの？」

私がもう一度問うと、みっちゃんはしばらく考えて
「わかんない。花ちゃんは子ども？　大人？」

と訊き返した。訊き返されて初めて、私は随分難しい質問を彼女に投げかけていたことに気がついた。私は果たして今、子どもだろうか。それとも大人だろうか。十八歳になり、法律上では選挙権があるし結婚だってできる。自分の生活を選ぶ権利があるというのは、大人になるということなのだろうか。星の子の家も、ルール上では十八歳で出ることになっているが、それは十八という年齢が充分に大人だという証なのか。

思い返せば幼い頃は、十八を迎えてここを出ていくお兄ちゃん・お姉ちゃんが、ずっと大きく立派に見えていた。彼ら・彼女らは、なんでも自分の力で手に入れられる自由な世界へ羽ばたいていくようで、私も早く大きくなりたいと願っていた。しかし、いざこの年齢を迎えてみると、私はまだまだ自信がない。ここを出て、自分の生活を手に入れても、そこに自由があるとは到底思えない。かつて十八を迎えた者たちも皆、同じように感じていたのだろうか。それとも私がこの歳にしては子どもすぎるから、こんな風に思ってしま

うのか。

「ねえ、どうなの？」

みっちゃんが急かすので、私はまだ煮え切らない中で仮の答えを出した。

「そうだね、子どもかな」

「なーんだ、じゃあ一緒じゃん」

そう言うとみっちゃんは歌の続きを歌い出したので、私は笑い声が漏れないように気をつけながら、本の続きに戻った。ちょうど、威張ったメンドリに呆れたアヒルの子が、小さな農家を飛び出す場面だった。アヒルの子が白鳥であることに気づくまであと少しというところで、夕飯の支度を終えたタカ兄がみんなを呼んだので、私は本を閉じてみっちゃんに声をかけた。みっちゃんはギリギリお尻のはまる滑り台をのろのろと滑り降りて、着地するなりリビングへと駆け入った。

その日の夕飯は、豆ご飯に味噌汁、それからキャベツの千切りと豚の生姜焼きだった。

「いただきます」と声を揃えた瞬間、テーブルの中央に置かれた生姜焼きの大皿にみんなの手が伸びる。この家の毎日の光景だ。中でも一層日に焼けたたくましい腕が、一番大きな一切れを仕留めた。

「おいミツ、そんなに急がなくたって、生姜焼きは逃げないぞ」

「おおひいほはいいんはほん！」

大きいのがいいんだもん、と熱々の生姜焼きをすでに口に放り込んで、意気揚々と答えた。みっちゃんは、なんだって自分が一番じゃなきゃ気が済まない。一番大きいのが食べたい。一番長く外で遊びたい。一番早くお風呂に入りたい。一番いっぱい可愛がられたい。一番、一番、一番、と気の強いみっちゃんが学校や世の中でうまくやっていけるのか、タカ兄はいつも頭を抱えている。そんなことはつゆ知らず、みっちゃんはもう二切れ目の生姜焼きに手をつけていた。

「もうすぐでひとつお姉さんになるんだぞ、ミツ」

今度の日曜は、みっちゃんの誕生日だ。星の子の家には他に九月生まれがいないので、みっちゃんは自分のためだけのお祝いを毎年楽しみにしている。

「十歳になってもみっちゃんだもん」

豆ご飯のグリーンピースをきれいによけながら、みっちゃんは答えた。

「こら、もったいないだろう。もうちょっと好き嫌いが減ったらいいんだけどなあ」

「だってママだって、みっちゃんが嫌いだから捨てたんでしょ」

「ミツ、それは違うよ」

「じゃあなんで？」

「それはな……」

みっちゃんは、まだ真実告知を受けていなかった。星の子の家で暮らす子どもたちは、それぞれに違った事情を抱えている。親が病気になってしまった子、経済的な問題で家庭で暮らせなくなった子、身体や精神に深い傷を負った子。特に小さいうちからこの家で暮らす子は、ここにいる理由がぼんやりとしたまま育っていき、いつからか自分のルーツに強い関心を示すようになる。だからほとんどの子どもは十歳になる頃までに、どうしてここへ来て、どうして本当の家庭で暮らせないのか、その真実を告げられる。

私はここへ来たとき八歳だったので、なんとなく自分の置かれた状況は理解していたが、九歳を過ぎた頃に改めてタカ兄から説明を受けた。できるだけ分かりやすく的確に、しかし最小限の衝撃で済むように。ひとつひとつ言葉を選んで話すタカ兄は、最後に真っ直ぐ目を見てこう言った。

「いいかい、いくら血がつながっていたって親は親、花は花だ。お母さんの犯した罪がどんなに重くても、花には花の人生があるんだよ」

自分の身の回りに起きた事実の詳細よりも、この言葉の方が幾分現実味を帯びていて、私は少しだけほっとしたのを覚えている。置かれた現実はとてもいっぺんに受け止め切れるようなものではなかったが、何も知らずに無謀な夢を抱いて生きていくよりはずっと良い。私は私、あの人はあの人と、心にもろい線を引いた。

「ねえ、なんで！」

二歳の頃に乳児院からやってきたみっちゃんも、ここのところ何かにつけて自分のルーツを気にかける。

「今度しっかり話そうな。とにかく、ミツは捨てられたわけじゃない」

みっちゃんにその全てが告げられる日も、きっと近いだろう。私たちに起きた事実は変えられないけれど、真実は自分次第だと、いつかタカ兄が言っていた。事実をどう受け取るか、それを抱えてどう生きるか、答えは出なくてもその道のりが自分なりの真実になると。言われた当時は意味がわからなかったけど、今は少しだけわかる気がする。

「捨てたなら捨てたってはっきり言えよ！」

機嫌を損ねたみっちゃんが、怒って食卓を思い切り蹴ると、驚いた源ちゃんが泣き出した。

「うっせーだまれ！」

「ミツ、」

「みっちゃんだって赤ちゃんだもん、えーんえーん！」

今度はひっくり返って泣き真似を始めたので、タカ兄は怒る力も尽き果てて、思わず笑い出した。するとみんなもつられて笑い、気づけばみっちゃん自身も注目を浴びて得意げな顔をしていた。やはり、みっちゃんには憎みきれない特別な愛嬌がある。きっとそのことに、彼女自身はまだ気付いていない。

＊＊＊

「おかえり！」

「あー、帰ってきた！」

「朝ごはんあるよー」

「ただいま」

土曜日の朝、晴海が星の子の家へ帰ってきた。期間で言えば二週間ほどぶりの再会であったが、随分久しいように思えた。児童相談所の職員に連れられて、ウサギのぬいぐるみを抱えた彼女を見ていると、初めてここへやって来た日のことを思い出す。あの時より肩の力の抜けた晴海は、もうここでの暮らしをすっかり受け入れたように、或いは普通の暮らしをすっかり諦めたように見えた。

久しぶりの再会を喜ぶ子どもたちに腕を引かれて晴海がリビングへ入っていくと、唯一迎えに行かなかったみっちゃんが、ひとり仏頂面で朝食の納豆をかき混ぜていた。

「みっちゃんただいま」

晴海が声をかけながら食卓にぬいぐるみを置き、手を洗いに行ってしまうと
「帰ってこなくてよかったのに」

と置かれたぬいぐるみをじっと見つめて、みっちゃんは独り言のように呟いた。

「明日は帰ってきた晴海のお祝いもしないとな」

再開した朝食の食卓で、サラダをつぎ分けながらタカ兄が言った。

「はあ?! みっちゃんの誕生日は？」

「だから、一緒にお祝いするんだよ。その方が賑やかでいいだろう」

「コイツのパーティーはもうやったじゃん！」

「コイツじゃなくて晴海だろう。久しぶりの再会なんだから、いいじゃないか」

「やだ！　みっちゃんのパーティーだもん！」

「ミツ、わがままがすぎるぞ」

「やだやだやだ！」

明日で十歳になるというのに、この日もみっちゃんは穏やかではなかった。

「何見てんだよ、おめーのせいだぞ！」

晴海と目が合うなり、理不尽な罵声を浴びせる。すると晴海も負けじとキッと睨み返した。歳の近い二人は見た目こそ似ても似つかないが、その絶妙なライバル関係はまるで年子の姉妹のようだ。

「二人とも、そんな顔してちゃご飯が美味しくないよ」

私が仲裁に入ろうとすると、

「もともと不味いし」

間髪いれずにみっちゃんが言った。屁理屈を言う頭の回転の速さはピカイチだ。

「じゃあもう、朝ご飯いらないんだな」

タカ兄が食器に手を伸ばそうとすると、みっちゃんは物凄い速さで納豆ご飯をかきこんで、

「もうはへはっはもん！」

もう食べちゃったもん、と空っぽの茶碗をこちらへ見せた。

「しょうがないなあ……」

呆れたタカ兄は腰を下ろすと、一息ついてみっちゃんに言った。

「ミツ、食べ終わって片付けが済んだら、大事な話があるからな」

大事な話と聞いて、さっきまであんなに威張っていたみっちゃんの表情がたちまち大人

しくなった。みっちゃんだけではない。食卓を囲む子どもたちが一斉に何かを感じ取り、言葉にせずともどこかみっちゃんの様子を気にかけているようだった。この家の子どもたちは、勘づくことに長けている。

「えー、めんどくさ」

「タカ兄の部屋で待ってるから」

「……まあいいけど」

みっちゃんはいてもたってもいられない様子で、不安を紛らわすようにコップのお茶を飲み干すと、

「ごちそうさま！」

と勢いよくコップを置いて、リビングから駆け出した。

「あ、こら、ちゃんと片付けろ！」

タカ兄が呼びかけた頃にはすでに姿はなく、勢いよく飛び出していったリビングの扉だけが静かに動いていた。

「……随分元気になったなあ」

やれやれという顔で食卓に向き直して、タカ兄が呟くように言った。

この家へやってきたばかりのみっちゃんは、二歳児ながらこの世の全てに怯えているよ

うで、保育士さんに抱かれてもどうすれば良いかわからず、身体をまっすぐ棒のように硬直させていた。こうするんだよ、と保育士さんの肩に手を置かれて抱かれ方のひとつから覚えていったみっちゃんが、今や誰よりもよく食べ、よく走り、よく喋る。少々わがままが過ぎるところがあっても、タカ兄にとってはその全てが喜ばしいのだろう。

とばっちりを食らってふてくされている晴海の肩をポンと叩くと、タカ兄は自分の食べ終わった食器とみっちゃんの食器を重ねて台所へと持って行った。

「ミツー、タカ兄食べ終わったぞー」

そう言ってリビングを出ていくタカ兄の背中は、みっちゃんと同じように不安と期待を半分ずつ背負っているようで、私はタカ兄が後ろ手で閉めたその扉をしばらくじっと眺めていた。

＊＊＊

真昼の太陽が一番高く昇るころ、子どもたちは庭でかくれんぼをしていた。かくれんぼといっても隠れる場所はわかり切っていて、問題は鬼がどこから捜すかなのだが、それでも皆精一杯息を潜めて、小さな心臓をスリルで満たしていた。帰ってきたばかりの晴海も背丈ほどの植木の裏に身を隠し、縁側で見守る私と目が合うと人差し指を口元に当てて笑った。晴海と一緒に駆け抜けた夏の終わりが、もうずっと遠い昔のことのようだった。

いつものかくれんぼなら、滑り台のてっぺんに立って庭を見渡すみっちゃんがみんなの居場所を声高々にばらし、わざと邪魔をするのがお決まりだった。みっちゃんは遊びの輪に入らない割に、いつも近くで眺めながら罵声を浴びせて邪魔をする。本音は入りたいけど入れない、意地っ張りなみっちゃんらしかった。

そんなみっちゃんが、この日はやけに静かだった。いつものように滑り台のてっぺんにはいるのだが、皆の様子など目に入らない様子でボーッと木々が揺れるのを眺めている。風がふわりとみっちゃんの髪を浮かせると、その横顔は突然大人びたかのような憂いを帯びていた。みっちゃんにもこんな表情があるのかと、思わず感心してしまうほどだ。

「みっちゃん、」

私が不意に声をかけると、二、三秒ほどの間があってみっちゃんはこちらを見た。

「一緒に読む？」

私が膝に置いていた童話集を見せると、みっちゃんは黙ってうなずいて、滑り台をそろりと降りるとこちらへやってきた。

「目瞑って選んでごらん」

目次を開いてみっちゃんに差し出すと、目を固く閉じたみっちゃんの指が止まったのは「みにくいアヒルの子」だった。先日読みかけのまま終わっていたので、ちょうどよかった。早く早くと急かすみっちゃんの頭をひと撫でして、私はページをめくった。

アヒルの子が白鳥になる頃には、庭のかくれんぼも終わり皆でボールを転がしていた。最後までじっと耳を傾けていたみっちゃんは、本を閉じると眉間にしわを寄せ、なぜか神妙な面持ちでいた。様子をうかがっていると、ふとみっちゃんが言った。

「アヒルは本当に幸せになったの？」

「どうして？」

「だって、白鳥になれても、いじわるとかされてたのは変わらないじゃん」

「それは……そうだけど」

「悲しかったことは消えないじゃん」

「でも、だからこそ今が幸せって話なんじゃないかな」

「そんな幸せやだ」

「……」

返す言葉がなかった。それはいつものわがままではなく、まだ十歳にも満たないみっちゃんの心の叫びのようだった。みっちゃんの言う通り、アヒルの子の醜い過去はきっと生涯つきまとう。どんなに幸せになったとしても、むしろ幸せで幸せで仕方がないときにこそ、たちの悪い記憶は私たちの背後に立って鋭いナイフを突きつける。

みっちゃんは、タカ兄からどんな真実を聞かされたのだろう。その真実と、たった今どう向き合っているのだろう。隣に座る私には、その赤いほっぺの内側を慮ることが精一杯だった。

「ちょっと、一旦落ち着いて」

突然飛び込んできたタカ兄の慌ただしい声に振り返ると、リビングに知らない女の人が立っていて、タカ兄の忠告に目もくれずまっすぐこちらを見つめていた。三十代くらいに見えるその人は、随分着古したジャージの上下に身を包み、髪はクリップでおおざっぱにまとめて、右手になぜか千円札を一枚握っていた。

「ミツキ！」

女の人が大声で叫びこちらへ歩み寄ると、みっちゃんは途端に身を硬くして後退りした。童話に耳を傾けていたさっきまでのみっちゃんとは別人のように表情がこわばっていた。

「今日、お誕生日、おめでとう！」

ここまでどうやってたどり着いたのだろう。随分息を切らしながら、思い浮かんだ単語をひとつひとつ並べるように、その人はみっちゃんに語りかけた。

「ママ、ミツキの好きなものわかんなくて、ほら、これで買って」

「お母さんお金は困ります、他の子もいますから……」

「ほら、ミツキ、お誕生日！」

遮るタカ兄の手を振り払い、その人はじりじりとみっちゃんに歩み寄ると、ついに縁側の端まで追い詰めた。

「ミツキ、いらないの？　ママ一生懸命働いたの」

その人は次第に語気を強め、握られた千円札にも力がこもってしわが寄っていた。

「ミツキ！　ミツキ！」

顔の目の前に千円札を突きつけられて動けずにいたみっちゃんが、勇気を振り絞るように、ようやく蚊の鳴くような声で呟いた。

「……今日じゃない」

「……？」

お母さんが戸惑った隙に、みっちゃんは身をくぐらせて逃げるようにリビングから駆け出した。みっちゃんのお母さん以外の誰もが、誕生日は明日であることを知りながら固唾を呑んで見ていたが、ひとり混乱しているお母さんはパニック状態に陥って訳のわからぬ声を発した。庭で遊んでいた子どもたちが怯えて見守る中、タカ兄と保育士さんと私でどうにか身柄を押さえ込み、しばらくするとお母さんは駆けつけた警察になだめられながら星の子の家を後にした。不穏な静けさの中、リビングに残されたクシャクシャの千円札が侘しく翻った。

＊＊＊

陽が傾き始める頃には、一連の騒動で不安に駆られた子どもたちもひとまず落ち着いた様子で庭に駆け出していた。しかしみっちゃんだけは寝室に籠り、出てくる気配がない。それまで付き添っていたタカ兄も夕飯の支度にかかったので、代わりに私が寝室へと向かった。

襖を開けると、寝室の一番奥に小さな布団の山を作って、その中でみっちゃんがうずくまっていた。いじけた時や怒られた時、みっちゃんはいつもこうして膝を抱えて布団に潜る。この日は一段と高い山が寝室の隅にできて西日に照らされていた。

私は布団の山に歩み寄ると、裾野からはみ出す小さな足にそっと触れて腰掛けた。すると

「花ちゃん」

郵便はがき

おそれいりますが
切手を
お貼りください

102-8519

東京都千代田区麹町4−2−6
株式会社ポプラ社
一般書事業局　行

お名前	フリガナ	
ご住所	〒　　-	
E-mail	@	
電話番号		
ご記入日	西暦　　年　　月　　日	

上記の住所・メールアドレスにポプラ社からの案内の送付は必要ありません。□

※ご記入いただいた個人情報は、刊行物、イベントなどのご案内のほか、お客さまサービスの向上やマーケティングのために個人を特定しない統計情報の形で利用させていただきます。

※ポプラ社の個人情報の取扱いについては、ポプラ社ホームページ（www.poplar.co.jp）内プライバシーポリシーをご確認ください。

ご購入作品名

■この本をどこでお知りになりましたか？

□書店（書店名　　　　　　　　　　　　　　　　　　　　　　　　）

□新聞広告　　□ネット広告　　□その他（　　　　　　　　　　　　　　）

■年齢　　歳

■性別　　男・女

■ご職業

□学生（大・高・中・小・その他）　□会社員　□公務員

□教員　□会社経営　□自営業　□主婦

□その他（　　　　　　　　　　）

ご意見、ご感想などありましたらぜひお聞かせください。

ご感想を広告等、書籍のPRに使わせていただいてもよろしいですか？

□実名で可　□匿名で可　□不可

一般書共通

ご協力ありがとうございました。

と、声を発したわけでもないのにみっちゃんは私だと気づいた。

「なんでわかったの？」

私が尋ねると、

「足音」

と言ってみっちゃんは高く積まれた布団を押し除け、真っ赤になった顔を出した。大きく息を吸い込みゆっくり吐くと、そのままぼんやり天井を見つめた。

「いつも滑り台の上からみんなの足音聞いてるもんね」

「うん、みっちゃんみんなの足音あてられるよ」

みっちゃんはなぜか得意げに言った。

「これがタカ兄」

みっちゃんは足をバタバタと動かし、タカ兄の足音をやってみせた。いつも右手に買い物袋や子どもたちを抱えているタカ兄の足音は、少しいびつに傾いている。

「そんでこれは源ちゃん」

今度は歩けるようになったばかりの可愛いヨタヨタ歩きをやってみせた。

「本当だ、目瞑って聞くと源ちゃんみたい」

可愛らしい足音に思わず笑みがこぼれた。みっちゃんは威張ってばかりだけど、本当はいつも皆を見ていて、誰よりもよく気がつく子だ。

「これはね……」

続いてドタドタと強く地面を踏み始めたかと思うと次第にその足を緩め、力尽きたように再び布団に顔を埋めた。

「……またママに嫌われたかな」

質問なのか独り言なのかわからないような言い方で、みっちゃんは静かに呟いた。鼻水を啜る音が小さく聞こえ、拳はぎゅっと力を込めて震えていた。

「みっちゃんは優しいね」

私はそう言って、震える拳をそっと握った。

「何言ってんの、そんなわけないじゃん」

鼻声のまま、みっちゃんは続けて言った。

「みっちゃんはね、なんでも反対になっちゃうの」

「反対？」

「よくわかんないけどいつも反対になっちゃうの。反対病」

「みんなと遊びたいのに、意地悪しちゃうとか？」

「うん」

「嬉しいのに悪口言っちゃったりとか？」

「とか」

「……ママに会えたのも、本当は嬉しかった？」

「……」

みっちゃんはそうとも違うとも答えずに考え込んで、しばらくすると口を開いた。

「あのね、みっちゃんが生まれたころにパパが死んじゃってね、ママは心がビョーキなんだって。それでお金もなくて、みっちゃんといられないんだって」

「うん」

「だからママもみっちゃんも悪くないってタカ兄言ってた」

「……そっか」

「誰も悪くないのに、なんで一緒にいれないの？」

不条理という言葉を知らないみっちゃんに、なんと伝えれば良いのだろう。私はしばらく考えてみっちゃんに言った。

「みにくいアヒルの子だってさ、悪いことしたわけじゃないのに、たまたまアヒルの群れに紛れこんじゃったわけでしょう？」

「うん」

「……そういうことってあるんだよ」

「意味わかんない」

「うん……わかんないよね」

「なんでみっちゃんばっかり寂しいの？」

「……」

　怒りと悲しみの入り混じった感情を、みっちゃんは必死に布団の山にぶつけていた。私ばっかり、僕ばっかり。ばっかりを積み重ねて、この家の子どもたちは大きくなる。

「たぶん……みっちゃんのママも、反対病なんじゃないかな」

「ママも？」

「うん、きっと、本当はみっちゃんといたいんだよ。それでも、どうしようもないんだよ」

「……じゃあ、みっちゃんと一緒だ」

　ため息なのか安堵なのか、みっちゃんは深い呼吸をひとつして仰向けになると、再びぼんやり天井を見つめた。涙の跡が少し乾いて、真っ赤な頬にこびりついていた。そのまま胸のあたりを静かにトントンと叩いていると、みっちゃんはいつの間にか眠ってしまった。昼間はあんなに大人びた顔をしていたのに、親指を咥えて布団にくるまるみっちゃんの寝顔は、大きな赤ちゃんのようだった。大人にも子どもにもなりきれない思春期の入口に、十七時のチャイムが鳴り響いた。

＊＊＊

この家に来る前の誕生日の写真が、一枚だけ残っている。缶詰のフルーツが載っかった手作りのショートケーキにろうそくを三本立てて、私は右手で「三」を作ってカメラを見つめているのだが、まだ不器用なその指はほとんど「四」になっている。背景に立てかけられた鏡に、カメラのシャッターを切るあの人の姿が写り込んでいるけれど、鏡面に反射したフラッシュでその表情はよく見えない。あたたかく微笑んでいるように見えるときもあれば、冷たくて寂しげなときもある。不思議な写真だった。

日曜日の朝、私は久しぶりに机の引き出しからその写真を取り出して、じっと眺めてみた。このときのケーキの味も、あの人の表情も、私はもう思い出せない。なぜ、記憶は薄れてしまうのだろう。もしも人生で起こる全てをありのままに記憶できたなら、こんなに過去を巡って思い悩むこともないだろうに。その記憶が良いものであれ、悪いものであれ、正確で揺るぎのない答えを知ることができたなら、それほど楽なことはない。「真」を「写す」と書いて写真なのに、あの人が笑っていたのか泣いていたのか、満たされていたのか飢えていたのか、私を愛していたのか憎んでいたのか、手元の写真をいくら眺めてもその真実はわからない。

「ない！」

突然大きな音を立てて扉を開けた晴海が、勢いよく部屋に入ってきたので、私は慌てて写真を引き出しの奥にしまった。晴海はそんな私に目もくれず、必死に何かを捜し回って私の部屋を物色していた。

「ちょっと、どうしたの？」

「ないの！」

「何が？」

「ぬいぐるみ」

「寝室は？　リビングにもなかったの？」

「起きたらどこにもいないの」

「わかった、とにかくここにはないから、一緒に他のところ捜そう」

「うん……」

半ベソかいた晴海をどうにかなだめて、私は一階へと下りていった。確かに、寝室にもリビングにもトイレにも、晴海が行きそうな場所のどこにもぬいぐるみはなかった。昨晩はいつも通り布団で抱いて寝ていたという。ぬいぐるみが夜な夜な歩き出すわけはないのだから、残る可能性は朝方タカ兄が洗濯機に放り入れたか、誰かが盗んで隠したかだ。そう考えているところにちょうど洗濯物を抱えたタカ兄が通りすがって、前者の可能性はたちまち消えた。私は犯人捜しで始まる日曜日の朝に、大きくひとつ息を吐いた。

「晴海のぬいぐるみ、誰か知らない？」

八枚切りの食パンがいっぱいに並べられた食卓を前に、私は探偵物語の主人公のような心地で尋ねた。台所ではタカ兄と保育士さんが朝食の盛り付けに差し掛かっていて、子どもたちは食卓を囲みあくびをしたりお腹を鳴らしたりしながら待ちわびていた。

「知らなあい」

「里美もお」

麦と里美が眠たそうな間抜け声で答える。

「たーおー」

里美の真似をした源ちゃんの声が無邪気に響く。

武彦と智彦がいない今、残るひとりはみっちゃんだった。みっちゃんは私の問いかけに答える様子もなく、俯いて机の木目の一点を退屈そうになぞっていた。私がもう一度みっちゃんに尋ねようとしたその時、

「返せ！」

と言って晴海がみっちゃんに飛びかかり、胸元を摑んだ。一学年差とはいえ体格のずいぶん良いみっちゃんは、あっという間に晴海の腕を振り払い、胸元を摑み返して覆い被さった。

「何すんだよ！」

みっちゃんが怒鳴るとたちまち晴海は萎縮して、反射的に頭を腕で覆った。騒ぎに気づいたタカ兄と保育士さんが慌てて台所から飛んできて二人を引き離したが、晴海もみっちゃんも我慢ならない様子でジタバタと抵抗していた。

「ミツ、晴海、一旦落ち着こう」

「みっちゃんがぬいぐるみとった！」

「なんで決めつけんだよ！　証拠は？」

「さっき睨んでたもん」

「はあ？　睨んでねえし。あー、晴海が悪口言ったー」

「返せ！」

「知らねーよ！」

「二人とも、一回座って。これじゃあ進まないだろう」

タカ兄は二人の距離をとって座らせると、まずは晴海に尋ねた。

「昨日の夜まではあったんだな？」

晴海は大粒の涙をポロポロ頬にすべらせながら、黙ってひとつ頷いた。

「それでミツも、本当に何も知らないんだな？」

「だから知らないって言ってんじゃん」

「絶対嘘だ」

「嘘じゃねーよ！」

「二人ともやめなさい」

「タカ兄だってみっちゃんのこと疑ってるくせに」

「疑ってなんかないよ。とにかく、こんな空気じゃ今夜の誕生日会だってできないだろう。ご飯食べたら、みんなでぬいぐるみ捜そう」

「はあ？　なんでみっちゃんまで捜さなきゃいけないの？」

「みんなで捜した方が早いだろう」

「嫌だ、みっちゃん誕生日だもん」

「ミツ、ひとつお姉さんになったんだろう？」

「だったら誕生日なんて大っ嫌い！」

そう言うとみっちゃんは食パンを一枚くすねて、リビングを出て行ってしまった。

「あ、こら、ミツ！」

みっちゃんがいなくなった途端、堤防が崩れたかのように晴海が声をあげて泣き出した。

「晴海、大丈夫だ、みんなで捜すから……。とりあえずご飯食べよう、な」

「いただきまーす！」

退屈していた麦と里美が、待ってましたと言わんばかりに声を揃えて、朝食に手を伸ばした。

「たーた」

源ちゃんも器用に両手をパチンと合わせて、保育士さんに朝食をねだった。私は晴海の横に腰掛け、そっと背中を撫でてご飯を食べるよう促したが、晴海は泣きじゃくるばかりで一向に手をつけようとしなかった。

こうしてみっちゃんの記念すべき十歳の誕生日は、波乱の幕開けとなった。ウサギの旅の行先は、神様だけが知っている。

＊＊＊

残暑の熱気が籠る中、私たちはウサギ捜しに汗を流していた。私たちといっても、タカ兄や保育士さんは家事や誕生日会の準備で手一杯で、人手は子どもたちばかりであった。

「あっちだわ!」

「地図はこっちよ」

麦と里美はすっかり宝探しごっこと化していて、遊び半分である。ちょこまか走り回る二人の後ろを、源ちゃんがキャッキャと追いかけている。実質、真面目に捜しているのは私と、まだいじけている晴海だけであった。もちろんみっちゃんは手伝う様子もなく、かといってやることもないので、やたらと家中をうろついて度々独り言や鼻歌を口ずさんでいた。

寝室で椅子に乗って押し入れの上の段を捜していると、不意に晴海が脱力したように呟いた。

「見つかるわけないよ」

「大丈夫だよ、もうちょっと捜してみよう」

「どうせみっちゃんが捨てたんだ」

「晴海、」

晴海はすっかり諦めた様子で椅子から下りると、しゃがみこんで顔を伏せた。

「ママがくれたのに」

「……」

しばらく立ち直りそうになかったので、私も一旦椅子から下りて晴海の横に腰掛け、そっと頭を撫でた。晴海の亜麻色の綺麗な髪は少し伸びすぎていたので、今度切ってやらなくては。そんなことを考えながらぼんやりと蟬時雨に耳を傾けていると、スーッと寝室の戸が開きみっちゃんがやってきた。また厄介なことにならないかと冷や冷やしていると、

「まだ泣いてんの」

とみっちゃんが独り言のように呟いた。

「……うるさい」

晴海は俯いたまま小さく言い返した。

「ママのことなんか忘れなよ」

畳まれた布団の山に腰掛けたみっちゃんが投げかけると、

「うるさい」

晴海はやはり俯いたまま、しかしさっきよりも語気を強めて答えた。

「いいじゃん、晴海はママに会えるんだから」

「うるさい！　もう会えないもん！」

ついに晴海が顔を上げて怒鳴ったので、私はなだめようと晴海の両肩に手を置いた。するとみっちゃんは布団の山からピョンと飛び降り、晴海の前までやってきてポケットをゴソゴソと漁りだすと、

「これで買えば、ぬいぐるみ」

と言ってクシャクシャの千円札を差し出した。

「いらないもん、こんなお金。これで新しいの買ったらいいじゃん」

「うるさい!!」

晴海は叫びながらみっちゃんの手元を払い、千円札はヒラヒラと畳の上に落ちた。みっちゃんなりの気遣いだったのかもしれないが、空回りして晴海を触発していた。

「ねえみっちゃん、」

本当にぬいぐるみのことを知らないのか尋ねようと、千円札からみっちゃんへ視線を移すと、私は思わず言葉を詰まらせた。今度はみっちゃんが、はち切れたようにボロボロと泣いていた。

「みっちゃんだって、みっちゃんだって……ぬいぐるみほしかった」

突然幼い子どものように泣き出したので、晴海も驚いて呆然とみっちゃんを見上げていた。

「こんなの全然嬉しくない！」

そう言ってみっちゃんが畳に落ちた千円札をビリビリと破り出したので、私は慌ててみっちゃんの手を止めたが、既に手遅れで千円札は小さな紙屑となっていた。みっちゃんはへたり込んで泣き続け、それに釣られるように晴海もまた泣き出した。どうしようもない光景を前に私まで泣き出したい心地でいると、

「あったあー！」

廊下の方から麦と里美の威勢の良い声が飛んできた。途端に、晴海が我に返ったように泣き止んで、声のする方へと駆け出して行った。私も訳がわからぬまま、その後を追った。

「源ちゃん船長、やりました！」

「お宝を持って帰るわ！」

「たー！」

いつの間にか海賊の設定になっていた麦と里美と、その真似をして楽しそうな源ちゃんが、廊下の隅で盛り上がっていた。壁際には麦と里美の幼稚園カバンがかけられていて、その傍に落ちている源ちゃんのおでかけリュックの中に、ぬいぐるみがギュウギュウに詰め込まれていた。

「あった！」

遠くからそれを見つけた晴海が、リュックに駆け寄ってぬいぐるみを取り出し、安堵したようにぎゅっと抱きしめた。何も知らない源ちゃんは、その姿を見て一層楽しそうに笑った。

どうにか事が収まったのを見届けてふと寝室の方を振り返ると、戸の前でみっちゃんがぽつんと突っ立って、遠目にこちらを見つめていた。みっちゃんは私と目が合うなり、小さく何かを呟いて、再び寝室へ入って行った。

「よかったね」

私にはそう聞こえたような気がしたが、それが本心なのか嫉妬なのか、涙のつたう横顔からは読み取ることができなかった。

＊　＊　＊

小麦粉とバターの焼ける匂いが、台所から漂って廊下まで溢れていた。リビングでは麦と里美と保育士さんが、せっせとペーパーフラワーを飾り付けている。着々と進む誕生日会の準備と反比例するように、みっちゃんの気持ちは沈んでいた。昨日の今日でいっぺんに様々な真実と向き合っているのだから無理もない。ここで暮らす子どもたちは、歳を重ねるごとに向き合う現実も重ねていく。もし、誕生日を素直に喜べるうちを子どもとするならば、私たちはあまりにも早く大人になる時を迎えてしまうだろう。

ぬいぐるみを小脇に抱えた晴海が、麦や里美がはしゃいでいるそばで何か別の作業に没頭していた。見ると、さっきみっちゃんがバラバラにした千円札をパズルのように組み合わせて、一枚一枚貼り合わせていた。セロハンテープでペタペタに貼られた千円札はとても使えそうになく、使いたいならば銀行で新札に換えてもらえば良いのだが、それでもどうにかこの一枚を繕いたいという思いが晴海の手元からうかがえた。

「手伝おうか？」

と私が尋ねると、

「自分でやる」

晴海は目も合わせずに答えた。

テープを切っては貼り切っては貼り、どうにか不格好な千円札が出来上がった。晴海は千円札をじっと眺めると意を決したように立ち上がり、かと思えば再びしゃがみこんで、しばらく立ったり座ったりを繰り返しながらみっちゃんになんと言おうか迷っている様子でいた。

「花ちゃん、」

ついに私の方を振り返り言った。

「一緒に来て」

私は頷くと、晴海の手をとって寝室へ向かった。

寝室の戸を開けると、やはりみっちゃんは布団の山に潜り込んでいた。私がそっと晴海の背中を押してみっちゃんの方へ向かわせると、

「晴海でしょ」

みっちゃんは自慢の耳の良さで当ててみせた。

「みっちゃん、」

「何しに来たの」

布団の中から少しだけ頭を出して、みっちゃんは晴海をじろりと見た。

「あの、これ、ごめんね……」

晴海が恐る恐る千円札を差し出すと、

「いらないって言ったじゃん」

みっちゃんはたちまちそっぽを向いた。

「でもこれ、」

「もう使えないし」

「でも……」

晴海が一向に引こうとしないので、

「うるさいなあ」

と言いつつみっちゃんは布団から右手をゴソゴソと出して、千円札を受け取った。みっちゃんはしばらくの間、セロハンテープで繕われた千円札を光に透かして眺めると、不意に
「変な顔」

と呟いた。私と晴海が覗き見ると、テープでピカピカになった野口英世は確かに少し歪んでいて、絶妙に変な顔をしていた。

「ほんとだ、よく見たら変」

私は思わず笑った。

「変なの」

繕った晴海まで笑い出した。

みっちゃんはしばらく俯き気味に口をモゴモゴとさせていたが、ついに堪えきれなくなり一緒になって笑い出した。

「変な顔！」

三人で同じツボにはまってひとしきり笑ったあと、みっちゃんは呼吸を整えて私に尋ねた。

「この人、何した人？」

「確か……、病気の研究をしたんじゃなかったかな」

「こんな顔で？」

「顔は違うでしょ」

「ふーん」

みっちゃんはしばらく千円札を逆さにしたり裏返したりしながらまじまじと見つめ、不意にぽつりと言った。

「じゃあ、お守りだね」

「お守り？」

「ママとみっちゃんのビョーキが治りますように」

そこら中にありふれた千円札でも、しわやテープの繋ぎ目のひとつひとつは、どこにもない特別仕様だった。みっちゃんが天井に向かって伸ばした手元のそれは、いびつで、頑固で、差し込む夕陽をピカピカと照り返し、確かにそこはかとないパワーを感じるお守りのようだった。

＊＊＊

みにくいアヒルの子は幸運だった。農家を飛び出す勇気と、湖にたどり着くまで生き延びる力を持っていたのだから。もしそれらがなければ、アヒルの子は自分が白鳥であることに気づくこともなく、惨めなままに一生を終えただろう。みっちゃんに読み聞かせてから、そんなことを思っていた。

世間的に見れば〝みにくい〟もしくは〝かわいそう〟などと言われる私たちの境遇で、そういった勇気や力を持つ者は本当にごく稀だ。星の子の家を出たは良いものの、家賃や税金を滞納し生活保護も受けられずギリギリの生活をする者。住み込みの働き先で不当な待遇を受け、精神を崩す者。憎んでいた親と同じようにギャンブルに依存して、行方をくらます者。無一文ですがるようにここへ帰ってくるお兄ちゃんも、詐欺で捕まって俯きがちにニュースに映るお姉ちゃんも、何度も見たことがある。その度に、どんなにタカ兄や保育士さんたちから愛情を受けて育っても、どうにも埋めきれない大きな穴を目の当たりにしたようで怖くなる。その穴は当然、私の中にも空いている。

私たちだって本当は、美しい白鳥なのかもしれない。名前も知らない遠い国へ飛んでいって、この世のものとは思えないような素晴らしい景色が見られるのかもしれない。しかしそこに至るまでに、一体どれほどの勇気と力がいるだろう。たった十八の私がどれだけ時間をかけて、どれだけお金を稼ぎ、どれだけまともを装えば良いのだろう。誰もが心を震わせたおとぎ話に、私たちは心を縮める。

いつかニュースで、どこか遠くの児童養護施設で起きた事件を見た。そこの施設出身の若者が、施設長を刺し殺してしまった事件だった。若者は「施設の人なら誰でもよかった」と言った。世間は若者を責めると同時に施設を責めた。施設の教育方針が悪かったのではないかとか、もっと若者をサポートできたのではないかとか、そんなようなことだった。

しかし私は、若者のことも施設のことも到底責めることなどできなかった。きっと諸悪の根源は、もっともっと深いところでひっそり息を潜めている。若者が社会の荒波に揉まれる中で、たまたま憎悪の向かった先が自分のアイデンティティにほかならない〝施設〟だった、そうに違いない。不幸なことにそこから飛び出す勇気も、それ以外の場で生き延びる力も、持ち合わせていなかったのだ。あの若者は、明日の私たちかもしれない。そう思うと心の底からゾッとした。

「アヒルは本当に幸せになったの？」

みっちゃんの問いかけが、そのまま私たちに降りかかる。みにくい私たちは、どうすれば幸せになれるのだろうか。アヒルの子が白鳥になってもなお、幸せを疑い続けるみっちゃんの誕生日に、私はどんな「おめでとう」を言うべきかわからない。

「できたぞー、手伝ってくれー」

悩みに悩んで書き損ねたみっちゃんへのバースデーカードの空白を見つめているうちに、夕飯の準備が整った。唐揚げの載った大皿を食卓へ運ぶと、昼間よりも少し機嫌を取り戻したみっちゃんが、ほっぺたを赤く染めて待ち構えていた。

「お誕生日席だね」

私が話しかけると、

「うん、今日はみっちゃんが一番だもん」

と得意げに答えた。

そこにお盆いっぱいのコップを持った晴海がやってきて、何の気なしにみっちゃんの隣についた。不器用ですぐにぶつかるけれど、自然と隣り合う二人はやはり姉妹のように見えた。晴海がジュースの入ったコップを慎重にみんなの席に配っていると、

「とろいなー」

と言ってみっちゃんも手伝い始めた。去年までの誕生日だったらあぐらをかいて見てい

たであろうみっちゃんの、小さな成長を見たようで嬉しかった。

「あー、忘れてた！」

台所からタカ兄のうっかりした声が聞こえてそちらを見ると、冷蔵庫から取り出した丸裸のスポンジケーキが置かれていた。他の料理を準備しているうちに、ケーキの飾り付けを忘れていたのだ。

「麦やる！」

「里美もー！」

「たー！」

待ってましたと言わんばかりに麦と里美と源ちゃんが手をあげた。

「しょうがないな、みんなでやるか」

タカ兄の声を聞いてみっちゃんと晴海も目を合わせると、たちまち台所へと向かった。

不揃いのイチゴやブドウやメロンが宝石のようにキラキラとボウルの中で光っていた。どれも星の子の家の支援者である農家さんからいただいたものだ。保育士さんが器用に泡だてた生クリームがケーキにふわりと纏うと、あちらこちらから子どもたちの手が伸びて、フルーツの宝石が華やかに彩った。最後にみんなでチョコスプレーやクッキーのかけらを好き放題載っけると、なんだかとてもみっちゃんらしい欲張りなショートケーキが完成した。

「ここみっちゃんね！」

一番大きなイチゴが載った部分を指差して、みっちゃんは早速予約をしていた。

「ずるい、晴海もそこがいい！」

「残念でしたー、晴海は二番」

「なんでよ！」

「ほらほら、運ぶぞ」

喧嘩の予兆を感じたタカ兄がすかさず促して、みっちゃんと晴海の席の間へケーキを運ぶと、ろうそくを立てて火を灯し、部屋の明かりを落とした。薄暗がりに浮かび上がるみっちゃんと晴海の表情は、灯火に照らされてうっとりとしていた。

「ハッピーバースデートゥーユー、ハッピーバースデートゥーユー、ハッピーバースデーディアみっちゃん、ハッピーバースデートゥーユー、おめでとう！」

「晴海おかえり！」

タカ兄が滑り込むように付け加えると、みっちゃんと晴海は競うようにろうそくの火を消し合って、夢中になるあまりおでこをぶつけた。そのあまりの必死さがおかしくて、周りも本人たちもしばらくの間火の消えた暗闇で笑い続けた。

「みっちゃん元気にね」

「お誕生日おめでとう」

部屋の明かりがついてケーキが切り分けられると、麦と里美が折り紙で作った花をみっちゃんに渡した。

源ちゃんは画用紙いっぱいにクレヨンで描いた絵を、保育士さんに手伝ってもらいながら渡した。

「何これ！」

みっちゃんが言うと、

「あー、みっちゃんにそっくり」

晴海がからかうようにグルグル描かれた渦のような絵を指して言った。

「うそつけ！」

みっちゃんはケラケラ笑いながら源ちゃんの頭をポンポンと撫でた。

「晴海はなんかないのか？」

タカ兄が尋ねると、

「えー、あるけど……」

晴海は急にモジモジと照れながら、一枚の紙切れを差し出した。

みっちゃんが読み上げた通り、紙切れには青い色鉛筆で「あそびチケット」と書かれていた。

「あ、そ、び、チケット……」

「これからはいっしょに遊んでね」

晴海が小さな声で言うと、

「まあいいよ」

みっちゃんは照れ隠しにえらそうに言ったが、その表情からは喜びが漏れ出ていた。

席順の流れで私の番が来て、みんなが私の方を見た。私は一息ついて、

「本当は手紙書きたかったんだけど、なんて書いたら良いか分からなくて……」

と切り出しながら、先日みっちゃんに読み聞かせた童話集を差し出した。

「まだ難しいかもしれないけど、私はもうすぐここを出るから、みっちゃんにあげるね」

「ありがとう」

みっちゃんは嬉しそうに受け取った。

「みっちゃんはね、」

私は「おめでとう」に代わる言葉を、今目の前にいるみっちゃんを見つめて探した。

「みっちゃんはね、いつだってみっちゃんの一番なんだよ」

みっちゃんはわかるようなわからないような顔でこちらをまっすぐ見ていた。

「誰かの一番とか、みんなの一番になる前に、みっちゃんはみっちゃんの一番だから、それを忘れないでね」

自分でもうまく言葉にできているのかわからないが、その場で思ったことを素直に伝えた。みっちゃんは少し考えて、

「うん、わかった……たぶん」

と答えた。

「たぶんかよ」

思わずタカ兄が突っ込んで、みんなでどっと笑った。色々あって迎えた誕生日会だったが、やはりみっちゃんの愛嬌が食卓を賑やかに包み込んだ。

いつもより豪華な夕飯がすっからかんになると、みんなでみっちゃんを囲んで並んだ。

「ちょっと待ってな、」

「タカ兄早く！」

「わかったから、えっと、タイマーは……」

「いいかげん覚えてよー」

「お、あったあった、これだ。よーしみんな撮るぞー」

三脚に取り付けたカメラのシャッターボタンを押すと、タカ兄も小走りで列に入り込んだ。

「みんな笑顔でな」

「あと何秒？」

「三秒！」

「にい、いち！」

「……あれ？」

「あ！」

カシャッ、とシャッターが切られたタイミングで全員キョトンとした顔をしていて、みんなでそれを見てまた笑った。

「これはこれで良いんじゃないか？」

「えー、変な顔じゃん撮り直そうよ」

「面白いから良いだろう」

十歳になったみっちゃんを囲んで間抜けな顔をした私たちの写真は、どんな真実を映し出しただろう。何も知らない人がこの写真を見て、果たしてみにくいように見えるだろうか。十年後、二十年後の私たちが写真を見返したとき、一体どんなことを思うのだろう。

「ばっかみたい！」

みっちゃんは相変わらずの口の悪さと、それでも憎みきれない愛嬌で、写真を見ながらケラケラと笑い飛ばしていた。いつかみっちゃんが湖へたどり着いて、そこでどんな真実を見たとしても、きっとあんな風に笑っていて欲しいと私は密かに祈った。

星に願いを

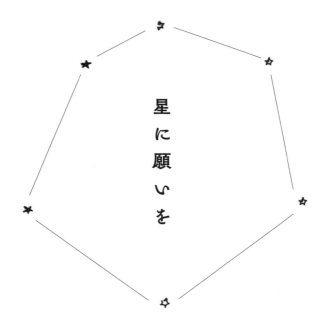

階段の踊り場に、色とりどりの小さな靴下が転がっていた。ピンクや黄色や水色のそれらは、二階から見下ろすとカラフルな小人の足跡のようだ。小人たちの行方を追ってみれば、廊下の方からペタペタと裸足で駆け回る麦や里美や源ちゃんの足音が聞こえる。あわてんぼうの小人たちは、まだ十二月の初めだというのに、早くも靴下を脱いでサンタクロースの訪れを待ち望んでいるのかもしれない。

幼い子どもたちは、靴や靴下を履くことを極端に嫌がる。そのために、支度をして家を出るまでに一時間もかかったり、せっかく履いたのに脱いで放り投げてしまったりすることもしばしばだ。どうしてそんなにまでして素足でいたいのか、近頃足先の冷えやすい私には甚だ不思議だが、きっとあの頃のあの素足でしか踏みしめることのできない魅惑の世界が、子どもたちの目の前には広がっているのだろう。私にとってもさほど昔のことではないはずなのに、北風の吹き始めた寒気の中、もはや裸足で駆け出す勇気などないことが物寂しい。

ここで迎える最後のクリスマスが近づいていた。街中が浮き足立ってイルミネーションやクリスマスソングで溢れる中で、この家にもそれは訪れる。少し禿げたクリスマスツリーに手作りのオーナメントを飾って、大きなチキンをじっくりオーブンで焼き、ホイップたっぷりのケーキにチョコチップやアラザンを振りかける。子どもたちは歌や劇でパーティーを盛り上げ、サンタに扮したタカ兄がプレゼントを配る。ささやかなごちそうやプレゼントが、補助金や支援者の寄付に支えられ成り立っていることを知ったのは、つい最近のことだ。まるで普通の家庭のようなクリスマスを催しながら、普通でない私たちは、心のどこかで本当に欲しいものを祈る。

毎年この季節が来ると、自然とテレビをつける手やショッピングモールへ向かう足が渋るようになった。一年で最も、世の中が「家族」で溢れるからだ。コマーシャルで家族に囲まれてチキンを頬張る子や、おもちゃ売り場で両親と手を繋ぐ子。私たちにもおいしいチキンやおもちゃのプレゼントがあるけれど、彼らにはあって私たちにはない決定的な何かが、季節に乗って胸を締め付けた。私には関係のないことと心の窓を何度閉じても、また一年経って油断した折に、ピューッと隙間風が吹き入れる。

「大変！　死んでるわ！」

「まあ、いったいどうして？」

廊下の隅から物騒な会話が聞こえてきたので駆け下りると、麦と里美が年下の源ちゃんをマッチ売りの少女に見立てて、幼稚園で覚えたばかりのお遊戯をしていた。武彦と智彦が家庭復帰をして以来、この家唯一の男の子となった末っ子の源ちゃんは、いつも愉快なお姉様方のままごとに紛れている。

「この子ったら裸足よ！」

「マッチをこんなに！　寒かったのね……」

「だーー」

「あら、生き返ったわ！」

「ちょっとあなた、死んでなきゃだめでしょう！」

「死んでおばあちゃんのところに行くんだから！」

「だーだ！」

「あ、こら、待ちなさい！」

死んだはずのか弱い子どもは元気よく逃亡し、気づけば物語はそっちのけで追いかけっこが始まっていた。廊下の隅にはマッチに見立てた爪楊枝が、無造作に散らばっていた。

「ちょっと麦、里美、お片付けは？」

「源ちゃんがやったんだもん！」

「麦も知ーらない！」

「ほら靴下も。お片付けしないとサンタさん来ないよ」

「来るもんねーだ！」

「ねーだ！」

「だー！」

いたずら盛りの園児たちは、今日も裸足で寒空の下を駆けていく。剝き出しの心で今年のサンタに願うのは、一体どんなプレゼントだろう。

＊＊＊

「まあ、焦ることはない」

クリスマス会のチラシを綴じながら、タカ兄が言った。

「ただ……現実として、時間が迫ってるからなあ」

時間というのは、私がここを巣立つまでに残された期間のことだった。

「措置延長で二十歳まで延ばすこともできるけど、大事なのは花がどうしたいかだから」

「どうしたいか……」

これまで自分で選ぶ余地がほとんどない人生を送ってきて、唐突に迫られる選択に、私は戸惑っていた。どこに住み、誰と過ごし、何を見聞きし、何を食べて生きていくのか。いくら考えても現実的なイメージが浮かばず、これといった意欲も湧かず、まるで他人事のようだった。

「自立援助ホームの案内は読んだか？」

「うん、読んだ。まあしばらくは、あそこで暮らしながらバイトでもするのかな」

「するのかなって……花は本当にそれで良いのか？」

「うん……」

「やりたいことが見つかるまでもう少し、」

「延長はないと思ってる。ここには感謝してるけど、外の世界も見てみたいし。まあ、かといってやりたいこともないんだけど」

私はタカ兄が綴じたチラシをかき集めると、トントンと机の上で整えた。

「みんな元気に育ってるし、また新しい子たちも来るでしょう？」

「それは、まあ」

「私も、ちゃんと部屋を明け渡して、次のところに行かなきゃ」

整えたチラシを十部ずつ互い違いに積み重ねながら、私は背筋を伸ばした。

「そんなにちゃんとすることないよ」

「え？」

「花は充分、ちゃんと育ったんだから」

急に褒められたものだから、私は思わず動揺して手を滑らせた。せっかく積み上げたチラシがバラバラと床に落ち、慌てて立ち上がって拾いだすと、タカ兄も一緒になって拾ってくれた。

「ごめん……ありがとう」

「いや、ただ心配なんだよ」

「心配？」

「ちゃんとしようとすればするほど、崩れるのはあっという間だから」

「……」

タカ兄のその言葉に、一瞬あの人の姿がチラついた。

「花には、ずいぶん長いこと、ここで長女として気を張らせてしまったからな」

「そんなことないよ」

「ほら、そういうところ。そうやって周りを気遣って、自分の本心を押し込めてるんじゃないかって……今更だけど」

「……そうかな」

私は、再びかき集めたチラシを十部ずつ互い違いに積み重ねながら、しばらく考えた。

「自分でも、自分の本心とかわかんない。勉強したいこととか、やりたい仕事もまだはっきりしてないし……」

「うん」

「だから本心を押し込めてるっていうより、本心がない……かな」

「そうか」

「うん。ごめんね、期待外れで」

「いやいいんだよ、謝ることはない。ただ、その本心が見えてきたときに、ちゃんとわがままを言ってほしい」

「わがまま？」

「うん。わがまま言ったり、迷惑かけたり、思う存分できるくらいの関係を築いてきたと思ってるから」

「わがままかぁ」

「ミツなんて見てみろよ、毎日わがままばっかりだぞ」

「確かにね」

「あそこまでとは言わないけど。花だってうちの子らしくわがまま言ったらいい」

うちの子、という響きが妙にくすぐったかった。

「わかった。その時は思いっきり言うから」

「おう」

ようやくチラシを積み終えて、タカ兄と一緒に段ボール箱にしまった。タカ兄が扮したサンタクロースが、チラシの中央で「メリークリスマス！」と笑っていた。

「まあ進路はゆっくり考えるとして、ひとまずクリスマスプレゼントだな」

「あ、忘れてた」

「ほら、また自分のことは後回しだ。麦や里美なんてもう二十個くらい欲しいもの言ってきてるぞ」

「そんなに？」

「花も早いとこ言わないと、タカ兄のセンスで選ぶことになるからな」

「わかった。考えとくよ」

よっこらせと声を漏らしながらタカ兄が段ボール箱を持ち上げた時、ペタペタと廊下を走る音が近づいてきて、リビングの扉が開いた。

「タカ兄これ！」

「書いたよ！」

相変わらず裸足の麦と里美が勢いよくやってきて、サンタさん宛の手紙をタカ兄へ差し出した。

「今度はなんだ？」

やれやれという顔をしつつ、段ボール箱を下ろしてタカ兄が手紙を受け取ると、そこには「さんたへ　わんちゃんがほしい　さとみ♡」「さんたさん　ぱーてーのどれすちょうだいね　むぎ☆」と、たくさんのキラキラシールに囲まれた拙い文字で記されていた。

「よしわかった。けどサンタだって暇じゃないからな、そろそろ二人とも本当に欲しいもの一個選ぶんだぞ」

「選べなーい」

「サンタのケチ」

「ケチってことないだろう、みんなのお家を回らないといけないんだから」

「じゃあ麦は、百万円！」

「里美は一億円！」

「お金はなし」

「やっぱりケチだ！」

「きゃはははは！」

ケタケタと笑いながらいたずら盛りの小人たちが駆け出していくと、タカ兄は再びやれやれという顔で段ボール箱を持ち上げた。心配性のサンタクロースは年を追うごとにしわを増やしながら、今年もありったけの良いことが「うちの子」たちに訪れるよう、ささやかにささやかに祈っている。

＊＊＊

日照時間が短くなるにつれ、子どもたちの目覚めは悪くなる。十二月にもなると起床時間はすっかり暗く肌寒く、平日の朝はミノムシのように布団にこもる子どもたちをどうにか起こすことから始まる。

この家で一番早く起きるのはタカ兄と保育士さんたち、それから二歳の源ちゃんだ。タカ兄は冬場は太陽よりも早く起きだして、洗面所でいかにもおじさんらしいうがいの音を響かせると、青く薄暗い台所に立ってせっせと朝食の準備に取り掛かる。

朝食の味噌汁がぐつぐつと煮立つころ、今度は高校生の私、そして小学生のみっちゃんと晴海が起きだして、寝ぼけまなこを擦りながらも大きく伸びをする。ようやく昇り出した眩しい朝日の中、あえて冷たい水で顔を洗い、無理やりまぶたをこじ開けて学校の支度をする。みっちゃんと晴海が中々起きてこない日には、私が二人の寝室に押しかけて、一斉に毛布を剝がし朝を告げる。二人はぶつぶつと文句を言いながらも、そのうちにすっかり目が覚めて朝食の匂いを嗅ぎつけるようにリビングへやってくる。

私たちが朝食を食べ終わる頃、ようやく起きだすのが幼稚園児の麦と里美だ。特に肌寒いこの時期、彼女たちを起こすのは至難の業である。目覚ましのホイッスルを吹いてみたり、お盆に載った朝食を見せてみたり、幼稚園でどんなに楽しいことが待っているか語ってみたり。保育士さんたちがあの手この手で八時四十五分の幼稚園バスに間に合うように起こそうとし、園児たちはあの手この手で起きない理由をこじつける。起きてしまえば元気いっぱいな彼女たちだが、最初の一歩がどうにもこうにも困難だ。

いつか学校で、這っていた人類が直立二足歩行をするまでに、何百万年もかかったと習った。朝、目覚めて、起き上がる。毎日当たり前のように繰り返すなんてことのない行為だが、人類史を紐解けばそれはそれは大層なことなのかもしれない。毎朝ぐずる園児たちは、何百万年分の歴史を背負って、その小さな足で懸命に立って歩き出す。ここで育つ私たちにとっては尚更信じがたい奇跡なのだから、駄々をこねて靴下を脱ぎ散らかすことなんかは少々大目に見てやりたい。

「にしても、そろそろどうにかせんとなあ」

朝食と一緒に作ってくれたお弁当を差し出して、タカ兄が呟いた。

「もうすぐ一年生だもんね」

受け取った弁当箱をふろしきで包みながら、私は答えた。

「麦も里美も、星の子の家設立以来五本の指に入る寝坊助だからなあ」

「幼稚園も間に合わないことあるしね」

幼稚園行きのバス停は星の子の家から徒歩三分ほどのところにあり、遅くとも八時三十分に起きればギリギリ間に合うが、小学校に上がれば片道三十分の距離を八時十五分の登校時刻に向けて歩くことになる。四ヶ月後には今より一時間以上早起きし、自分の足で歩いていかなければならない。

「こりゃ久々に、マラソンチャレンジかな」

「うわ、懐かしい」

以前武彦と智彦が小学校へ上がる前に、早起きと登下校の訓練として朝にマラソンをしていた。初めは気怠く参加していた二人だが、身体を動かすうちに持ち前のエネルギーが目を覚まし、いつしか誰よりも早く起きて靴を履き、ご近所に挨拶をしながら走り出すようになった。あまりにも楽しそうに駆けていく二人につられて、いっとき星の子の家でマラソンブームが起きたほどである。

「いいかも。私も最近ちょっと運動不足だし」

走ることは嫌いじゃなかった。朝の静けさの中、冷たい空気を切り裂くように前へ前へ走っていると、心がふわっと軽くなる。電車が走り出し、商店街のシャッターが上がり、家々から朝食の匂いが漂い、野良猫が大きく伸びをする。そこら中で一日が始まっていく様子を目にすると、この途方もない日々で息をしているのは私だけではないのだと、なんだか少しほっとする。

「助かるよ。近頃どうにも腰が痛くてな」

「大丈夫。タカ兄に倒れられたら困るし」

「まだまだここで立ち続けないとなあ」

「頼むよ。いってきます」

少し曲がった腰で台所に立つタカ兄に背を向けて、私はお弁当の入ったカバンを持ち玄関へ向かった。廊下に出ると、ちょうど起きてきたばかりの麦と里美と鉢合わせして、

「おはよう」

と声をかけた。

「おは……よ」

と二人はまだ不機嫌そうな顔で小さく返し、もたもたと歩きながらリビングへ入っていった。

タカ兄のどっしりとした貫禄のある足も、麦や里美の小さくて可愛らしい裸足も、重たいカバンを支える私の足も、皆それぞれに歴史を背負いながら今日も二本足で歩み出す。

ゆっくり、着実に、時に滑ったり転んだりしながらも、とめどない日々を歩んでいく。

＊＊＊

「マッチはいりませんかー」

「便利なマッチはいりませんかー」

「全然売れないわ」

「帰ったらパパにぶたれちゃう……」

夢見がちな園児たちは朝のマラソンにまでおとぎ話を持ち込んで、空想とともに駆けていく。寝起きは渋っていた麦と里美だったが、一歩外に出た途端、たちまちマッチ売りの少女になって朝焼けに染まる道を走り出した。

「ほら、花ちゃんもマッチを売りましょう」

「私も？」

「そうよ、今日は大晦日なんだから」

大晦日はまだ三週間先であったが、二人が大晦日と言えば今日は大晦日だ。

「マッチはいりませんかー」

声に出してみると、確かに何の変哲もないいつもの道も少し違って見えてきて、面白かった。

「ガチョウの焼肉の匂いだわ」

「見て、山盛りのプレゼント！」

どこかの朝食の鮭が焼ける匂いも、集積場に積まれたゴミ袋も、二人の五感にはファンタジックに触れた。

「ああ、寒くて凍えそう」

「お腹もペコペコよ」

「そうだ、マッチを燃やしてみましょう」

「ちょっとだけならいいわよね」

「シュッ！」

「シュッ！」

「シュッシュッ！」

「シュシュシュシュッ！」

小さな人差し指と人差し指を素早く擦って、二人は空想のマッチを何本も何本も燃やした。私にはマッチが散らす眩しい火花も、炎の先に立ち現れる様々な幻想も見ることはできないが、二人の目の輝きの中にきっとそれらはあると思えた。

「あったかいストーブ！」

「テーブルいっぱいのごちそう！」

「おおきなクリスマスツリー！」

そこまで唱えたとき、突然二人が足を止めた。私も慌てて立ち止まり、息を整えつつ二人の見上げる方を見てみると、そこには本当に大きなクリスマスツリーが立ちはだかっていた。

「わあ、立派だね」

星の子の家のツリーの三倍か、四倍ほどの高さのそれは、丁寧に整えられた枝の一本一本に艶やかな深緑の葉を茂らせ、赤や金の丸いオーナメントが果実のようにぶら下がり、てっぺんには眩しい星が煌々と輝いていた。

その家はご近所で一、二を争う豪邸で、いつも何気なくその前を通りかかっていたが、こうして改めて立ち止まって見ると、手入れの行き届いた庭や細かい門の装飾など、何もかもがうっとりするほど精巧に作られていた。星の子の家の剝げた外壁や雑草の生えた中庭を思い返すと、遠くの全然知らない街までやってきたような気がしてくるが、実際にはうちから徒歩十分弱の距離にある家だった。同じ街の中で、こんなにも違う暮らしぶりが存在するのかと、その象徴のように立つツリーを見上げながら深く息を吐いた。

「ピカピカだ」

「ピカピカだね」

「麦、お星様が欲しい！」

「里美も、ピカピカのがいい！」

「お星様かあ……」

二人の無理難題に困り顔をするタカ兄の姿を想像していると、不意にその家のドアが開いて、髪の白く染まった品のあるおばあさんがゆっくりと出てきた。おばあさんは玄関脇に立てかけられた箒とちりとりを手にして顔をあげると、家の前に立つ私たちに気づいてニッコリと会釈した。麦と里美は驚いた様子で少し後退りすると、

「マッチはいりませんかー！」

と唱えながら再びマラソンコースを走り出した。私は二人を目で追いつつ、

「すみません。あの、ツリーがきれいで」

とおばあさんに一言伝えると、

「まあ、ありがとう。この辺の子？」

おばあさんはやはりにこやかに返してくれた。

「あ、はい。星の子の……」

「ああ、あそこの。かわいそうにねえ……。がんばってね」

「いえ……失礼します」

立ち去ろうと一礼すると、おばあさんは小さく手を振った。朝日に反射してさりげなく光るシルバーのリングや、小花柄の前掛けエプロン、真っ白なひっかけサンダルなど、おばあさんの身につけているものもひとつひとつが精巧で、ボロいビーサンを履き続けているタカ兄とは大違いだった。おばあさんはとても感じの良い人だったが、去り際の「かわいそう」という言葉がどうにもチクリと胸を刺した。

「二人とも待って！」

軽やかに駆けていく麦と里美を追いかけて、霜の降り出した十二月の朝を走った。頬を撫でる風が冷たかった。マッチ売りの少女が凍えた夜も、こんな風が吹いただろうか。あんなふうによその家を見上げただろうか。翌朝道端で息絶えた少女を見つけて、人々は「かわいそう」だと心を痛めるが、その前の晩まで彼らは少女の姿に気づきもせずに、あたたかい暖炉にあたってガチョウの焼肉を食べていた。「かわいそう」はいつだって、無関心で無責任だ。

「決めた、麦ね、絶対お星様もらうんだ」

「里美ももらう！」

「わかったわかった、帰ったらお手紙書いてタカ兄に渡そうね」

十字路の脇に立つ目印の赤いポストにタッチして、私たちは踵を返すと残り半分のマラソンコースを星の子の家めがけて走り出した。ほっぺたと鼻先を真っ赤に染めて、競うようにグングン走る彼女たちの胸の中に、何よりも輝かしい一番星を見つけた気がした。一年生になったら、中学生になったら、そしてもっともっと大人になっても、「かわいそう」には収まらない潑剌としたその心で駆けていけるようにと、消えかかる明け方の星に願った。

＊＊＊

放課後、色とりどりの画用紙を切り貼りして、大きな靴下を作っていた。毎年この時期に皆で手作りする、サンタクロースにプレゼントを入れてもらうための靴下だ。麦と里美は不器用にハサミを使いながら、欲張って大きな靴下を作ろうとしていた。源ちゃんは保育士さんに手伝ってもらいながら、クレヨンでグルグルと模様を描いていた。みっちゃんと晴海はまだ外へ遊びに行ったまま戻っていなかったが、そのうちに麦と里美が画用紙を使い切ってしまわないかと気がかりだった。

「星ってね、遠くだと小さいけど、近くだと大きいんだって」

「大きいってどんくらい？」

「うーん……カバくらい？」

「カバかあ」

「うん」

「里美、カバ見たことないからわかんない」

「麦ね、ちっちゃいとき動物園で見たけど、大きかったよ」

「ふーん。じゃあ大きいんだ」

「うん」

隣で笑いを堪えながら、いつまでも二人の会話を聞いていたいと思った。カバくらいの星も、それが入る靴下も、本当にあるような気さえしてくる。

「てゆうかさ、星って持ってこれるの？」

「サンタならできるでしょ」

「無理だよ、だってすっごい遠いんだよ」

「無理じゃないよ。だって人だって、死んだら星になるんだよ」

「そうなの？」

「そうだよ。ね、花ちゃん」

「え？」

「死んだらみんな星になるんでしょ？」

「あー……うん、きっとね」

「ほらね、タカ兄が言ってたもん。麦のパパとママは星になったんだって」

「へー。じゃあ、星もらったら寂しくないね」

「うん、寂しくないよ」

小学校へ上がる前から、当たり前のように寂しさを胸に抱いている子どもたちの姿に、度々やるせない気持ちでいっぱいになる。麦の両親は、麦が四歳のころに交通事故で亡くなった。里美の両親は里美が三歳のころに離婚し、経済的・精神的不安定さの中で置き去りにされた彼女を、たまたま近所の人が見つけた。二人ともその背景は違えど、身寄りがないことは同じだった。同い年で双子のように心を通わせる彼女たちは、まだ六歳でありながら寂しさを分かち合うことを知っている。

「ただいま！」

普段にも増す勢いで、廊下を駆けてくる小学生たちの足音が聞こえてきた。バタンとリビングの扉を開けるなり、頰を紅潮させたみっちゃんと晴海が息を荒らげて言った。

「花ちゃん来て！」

「すごいもの見つけた！」

よく見ると二人の手や顔には泥がつき、服には所々葉っぱがひっついていた。

「ちょっとどうしたの、手洗って……」

「いいから早く！」

「大変なの！」

二人のあまりの勢いに、麦と里美まで興奮した様子で
「なに？　お宝？」

「里美も行く！」

と騒ぎ出した。

「わかった、今行くから。とりあえず麦と里美は靴下履いてきて」

「うん！」

普段はあんなにぐずるのに、こういう時の園児は本当に俊敏だ。麦も里美も、工作そっちのけで一目散に寝室へ走り、靴下をしっかり履いて戻ってきた。みっちゃんと晴海はすでに家の外へと出ていて、私も園児たちを連れて慌てて後を追った。

傾く夕陽に染まるオレンジの道をしばらく行くと、突然公園脇の茂みの中へみっちゃんと晴海が入っていった。

「秘密基地?」

「秘密基地!」

麦と里美は何の躊躇もなく、すっかり探検家の気分で茂みへ入っていく。

「ちょっと、気をつけて……」

絡みつく草や枝を手でよけながら、身をかがめて前へ進んでいくと、しばらくして少し開けた場所に出た。開けたといっても、小学生二人と園児二人、そして高校生の私が入ればぎゅうぎゅう詰めになるようなスペースなのだが、その中央で子どもたちがなにやら覗き込んでいた。

「うわあ」

「汚れてる」

「花ちゃんも見て」

「この子、大丈夫かな」

子どもたちの間に入って覗き込むと、そこには私の膝より少し低いくらいの段ボール箱が置かれ、その中に衰弱した様子の猫が横たわってこちらを見上げていた。

「……警戒してるね」

「けいかい？」

「怖がってるってこと」

よく見れば、猫のお腹は大きく膨らんでいた。

「赤ちゃんがいるの？」

「うん、そうみたい」

「でも、弱ってるよ」

「助けてあげなきゃ」

母猫は弱った身体で震えながら、しかしその目はまっすぐこちらを見据えて、子どもを守ろうと必死な様子であった。

「どうしよう……とりあえず、ここにいたら危ないね」

「今日雨降るってタカ兄言ってた！」

「星の子の家に連れてこうよ」

「うん……一旦持ち帰って、タカ兄に相談しよう」

「やったあ！　猫ちゃん！」

「里美、しーっ」

私たちは怯える猫をこれ以上怖がらせないよう、そっと箱を持ち上げて、皆で支えながらゆっくり星の子の家へと運んだ。うちまであと二百メートルほどのところで小雨が降り出すと、麦と里美が必死に腕を伸ばし、猫に雨が当たらないようにと小さな手で傘を作ってくれた。

家の前まで来ると、私たちの帰りを心配したタカ兄が門の前に立っていた。

「おう、どうした、みんな急に出ていったって聞いたもんだから」

「タカ兄見て！」

「猫ちゃん！」

「赤ちゃんがいるの」

「弱ってるよ」

「猫……？」

タカ兄は、恐る恐る段ボール箱を覗くなり

「こりゃ大変だ。早くうちに入れて、とりあえずミルクでもあげよう」

と言って箱を受け取り、星の子の家へと運び入れた。

母猫は怯えるのにも疲れた様子で、さっきよりもぐったりと横たわっていた。私たちは急いであたたかい部屋へ猫を迎え入れ、冷たい身体を毛布で温めながら、少しずつミルクを飲ませた。猫はしばらくして、小さな息を立てながら眠りについた。

夕飯時も子どもたちは気が気じゃない様子で、度々母猫の様子を見に行っては、

「もう大丈夫だよ」

「ごはん食べてね」

「ママ、頑張ってね」

と小さな母になったかのように、あるいは病気の母を心配する子どものように、母猫を優しく見守った。

「赤ちゃんって、どこからくるのかな」

お風呂上がりの麦が、箱を覗きながら呟いた。

「うーん、お星様？」

同じくお風呂上がりの里美が答えた。

「じゃあ、麦たちも星からきたのかな」

「うん、だって星の子だもん」

「あー、そっか」

「うん、そうだよ」

クリスマス前に図らずも訪れた命の贈り物を前に、彼女たちの小さな胸に生命の神秘が

火を灯していた。星からやってきて、やがて星へと帰る私たちは、その小さな火を絶やさないよう優しくそっと手で囲う。猫の寝息に耳を澄まし、同じテンポで呼吸をしながら。

＊　＊　＊

翌日、朝一番にタカ兄が母猫を病院へ連れて行った。子どもたちは帰りを待ちわびながら、皆で母猫のために即席のベッドを作った。夏まで双子の武彦と智彦が使っていた枕を二つ並べて、ブランケットをふわりとかけ、周りを段ボールでぐるりと囲む。みっちゃんと晴海がそこまで器用に作り上げると、麦と里美と源ちゃんが駆け寄って、シールやクレヨンで可愛らしく仕上げた。

「名前どうする？」

余りの段ボールでネームプレートを作った晴海が尋ねると、

「うーん、ぞうきん。見つけた時ぬれぞうきんみたいだったから」

みっちゃんがふざけて答えた。

「みっちゃんのバカ」

「あー、バカって言う方がバカなんだー」

「二人とも、」

私が二人を制していると、今度は麦と里美がアイデアを出し始めた。

「プリンセスちゃんは？」

「えー、里美、エルサちゃんがいい」

「なに人《じん》だよ」

すかさずみっちゃんが突っ込みを入れた。

「じゃあ源ちゃんに聞いてみようよ。ね、源ちゃんどう？」

行き詰まって晴海が源ちゃんに尋ねると、

「だーー」

予想通りの答えが返ってきた。

「だーちゃんだって、だーちゃん」

みっちゃんがお腹を抱えて笑い出す。

「だーちゃん！」

麦と里美も声に出して笑った。

「だーちゃん……意外といいんじゃない？」

私も思わず口にすると、

「えー、まあいいけど」

晴海も首を傾げながらも悪くはないという顔で、ネームプレートにオレンジのペンで書き入れると、即席ベッドの入口に掲げた。

そこへ、玄関からタカ兄の帰ってきた音がして、皆一斉にそちらへ向かった。

「だーちゃんおかえり！」

「だーちゃん？　……ああ、もう決まったのか」

皆の勢いに驚きつつ、タカ兄が続けた。

「とりあえず、だーちゃんもお腹の赤ちゃんも無事だ。まだ少し弱ってるけど、ちょっとずつ回復してるよ」

だーちゃんの入ったカゴを覗くと、まだ少し怯えた様子でいるものの、確かに昨日よりは落ち着いているように見えた。

「だーちゃん、捨てられたの？」

晴海が尋ねた。

「うちらと一緒じゃん」

何の気なしにみっちゃんが言った。

「捨てられたんじゃない、我が家への贈り物だよ」

だーちゃんをリビングへ運びながら、タカ兄が答えた。

「……やっぱりうちらと一緒じゃん」

揚げ足を取るように、みっちゃんがぽつりと呟いた。

だーちゃんがここへやってくるまでの間に、どんなことがあったのかはわからない。普通の家庭で普通に育てられたが、予期せぬ妊娠で手に負えなくなったのかもしれない。どこかの子どもが公園の隅で餌をやり、こっそり世話をしていたのかもしれない。はたまたお年寄りの家で育って、飼い主が亡くなってしまったのかもしれない。いずれにせよ、だーちゃんにもお腹の赤ちゃんにも何の罪もない。罪無き小さな命が誰かの都合で危機に瀕して、昨日たまたまみっちゃんや晴海に見つからなければ、今頃マッチ売りの少女のような結末を迎えていたかもしれない。もしもそうなった後でだーちゃんと出会っていたら、私はやはり「かわいそう」と呟いていただろうか。

昨晩段ボール箱の中で震えていただーちゃんの、衰弱しながらも鋭く光る眼差しが、脳裏に焼き付いていた。母親とは、皆ああいう顔をするものなのだろうか。そもそも猫と人とでは比べようのない話なのかもしれないが、あの瞬間の絞り出すような生命力が忘れられなかった。きっと私だけでなく、みっちゃんも、晴海も、麦も、里美も、誰もが直感的にあの力強さを感じていただろう。突如私たちのもとへ現れただーちゃんの姿は、ここにいる一人一人のアイデンティティを無意識下で揺さぶっているような気がした。そういう意味では、タカ兄の言う「贈り物」という言葉が妙にしっくりときた。

獣医が言うには、赤ちゃんが生まれるまであと一、二週間ほどだという。クリスマスまでに生まれるかどうかというところだった。

「やっぱりお星様じゃなくて、だーちゃんの赤ちゃんにする」

「里美も、サンタさんにお願いする！」

麦と里美が、早速手紙を書きかえようと動きだした。

「晴海もお願いしようかな」

「まだサンタなんか信じてんの？」

「じゃあみっちゃんはプレゼントいらないんだ」

「いらないなんて言ってないし！」

晴海が手紙を書き始めると、しばらくしてみっちゃんも「だーちゃんのためだから」とぶつぶつ言いながら書き始めた。オーナメントに紛れて、だーちゃんと赤ちゃんの無事を祈る皆の気持ちがツリーに吊るされた。七夕飾りのように願い事が吊るされたクリスマスツリーは、決して立派とは言えないが、どの家にも負けないぬくもりが宿っていた。ツリーのふもとの手作りベッドに横たわるだーちゃんの大きなお腹が、静かにゆっくり動くのを、私たちはいつまでも見ていた。

＊＊＊

冬至の朝、冷え込む外気に包まれて、私たちは白い息を吐きながらマラソンコースを走りだした。マラソンチャレンジにもすっかり慣れた麦と里美に加え、その日は休日であるにもかかわらず、みっちゃんと晴海まで参加していた。だーちゃんが星の子の家に来てから、毎朝子どもたちが代わる代わる世話をしているので、自然と皆早起きができるようになっていた。これも、だーちゃんがこの家にもたらした思わぬ贈り物だ。

一年で最も日の出ている時間が短いこの日を越えれば、次第に明るい時間が増えていく。まだまだ寒気は続くが、じわじわと春に向かうのを感じて少し肩の力が抜ける。一方で、私の「時間」が着々と迫っていることも事実で、やり過ごすことのできない焦りが沸々とわいていた。あと何回このマラソンコースを行き来したら、麦と里美が小学生になり、私がこの家を出ていくのだろう。

「ピカピカ！」

「ピカピカ！」

毎朝通る道に飽きもせず、この日も麦と里美はあの立派なクリスマスツリーに光る星を指差して、キャッキャと駆けていった。ベランダの柵には色とりどりの電飾が吊るされて、絵本に出てくるお金持ちの家のように華やかなクリスマスを演出していた。

「あんぽんたんの、サンタクロース、クリスマス前に死んじゃった！」

「いそいでポンポンポン、いそいでポンポンポン、ならしておくれよ木魚〜」

みっちゃんの突拍子もない替え歌に、晴海まで便乗して歌い出す。外の賑やかさが気になったのか、ツリーの家の二階の窓が開いて小さな子どもが二人、恐る恐るこちらを覗いていた。先日挨拶をしてくれた品のあるおばあさんの孫だろうか。まっすぐ切りそろえた前髪のお兄ちゃんと、きれいに三つ編みをした妹ちゃんが、不思議そうにポカンと口を開けながら、しかしどこか羨ましさも胸に秘めた様子でこちらを見下ろしていた。おとぎ話の世界に浸る幼稚園児たちと、縁起でもない歌を唱える小学生たちと、それを必死で追いかける私。ちんどん屋さながらの滑稽さで走り去る私たちの姿が、彼らにはどんなふうに見えただろう。

いつものように赤いポストにタッチしてマラソンコースを折り返すと、うちまでの競争が始まった。先頭でみっちゃんと晴海が競り合い、続いて麦と里美も負けじと追いかける。私はその後ろで歩幅を合わせながら、ずいぶん速く走れるようになった彼女たちを微笑ましく見ていた。何百万年という人類の歴史と、数年の私たちの歴史を背負いながら、毎日起き上がり、歩きだし、しまいにはこうして走りだす。忙しない日常で見過ごしていたそのかけがえのなさを、何てことのない朝が思い出させてくれた。

何てことのない朝が特別に色を変えたのは、走り終えた私たちが帰宅をしたあとのことだった。

「ただいま！」

皆で息を切らしてあたたかい部屋へ帰ると、何やらタカ兄がだーちゃんの寝床を覗き込んでいた。

「おかえり」

小声で返すタカ兄の様子に気づいた子どもたちが、恐る恐る尋ねた。

「だーちゃん、どうかしたの？」

「昨晩から、ご飯を残してるんだよ」

「病気なの？」

「いや、明け方からうろうろして落ち着かない様子だったけど、さっき寝床についたから、そろそろ生まれるんじゃないかな」

「赤ちゃん！」

「しーっ。静かに見守るようにって言われてるから、そっとしておいてその時を待とう」

「だーちゃん、鳴いてるね」

「苦しそう……」

子どもたちもだーちゃんを気遣って小声になりながら、小さな手のひらを握りしめて無事を祈った。だーちゃんは今までに聞いたことのない唸り声をあげながら、手作りの寝床に横たわっていた。

私たちは朝食を食べたり宿題をしたりしながら、十分、二十分おきにだーちゃんの様子を確かめた。あまり近づくとだーちゃんのストレスになるので、距離を取りながら心だけはそばに寄り添った。いつも通りに休日を過ごしながらも皆どこかそわそわした様子で、源ちゃんでさえ周りの空気を感じとって息を潜めていた。

一時間ほど経った頃だろうか。だーちゃんが一層大きな鳴き声をあげ始め、皆で様子を見ていると赤い排泄物が寝床の隅に出た。

「うわっ、なにあれ」

「大丈夫なの？」

「大丈夫、そろそろ生まれる合図だ」

「お手伝いする？」

「猫は自分の力で赤ちゃんを産むんだよ」

次第に会話をするのも忘れるほど部屋中に緊張感が張り詰めて、皆で手を握り合いながらじっと様子を見ていた。少しして、一匹目の赤ちゃんが羊膜を纏って顔を出し、胎盤とともに外へ出た。だーちゃんが羊膜を破り、へその緒を嚙み切ると、まだ目も開かない赤ちゃんは小さな甲高い鳴き声をあげながら、乳房を求めてヨタヨタと動き出した。

「生まれたよ！」

「すごい、もう歩いてる」

「男の子？　女の子？」

「ちっちゃいね」

生命の神秘を目の当たりにして、皆口々に感想を漏らしながら、喜びを分かち合った。初めて見るへその緒や胎盤の生々しさに初めは息を吞んだが、それ以上に目の前でうごめく小さな命に心を奪われていた。赤ちゃんはようやく乳房のもとへたどり着くと、勢いよく母乳を飲んだ。生まれながらの本能的な母子の姿を、誰もが不思議な心地で見ていた。私たちもこうして力を振り絞り、見守られたことがあったのかもしれない。

息をつく間もなく、二匹目、そして三匹目が生まれた。その度に私たちは手をぎゅっと握り合い、無事を確認しては安堵した。だーちゃんの胸元に、生まれたばかりの子猫たちが身を寄せ合って並んでいた。

「さあ、あと一匹だ」

タカ兄の一声で、皆再び気を引き締めてだーちゃんを見つめた。獣医の診断によると、だーちゃんのお腹には四匹の赤ちゃんがいるようだった。

「春、夏、秋、あとは冬だね」

私が呟くと、皆疑問の表情をこちらに向けた。

「何が？」

「名前。季節の変わり目にやってきた四匹だから、これがいいかなって」

「お、いいかもな」

「いいでしょ」

「ハル、ナツ、アキ、フユ！」

名前も決まり、ワクワクした心地でフユの訪れを待った。しかし先の三匹に比べて、最後の一匹の出産は明らかに遅れていた。二十分、三十分経っても頭が見えず、私たちは次第に不安に駆られた。

「大丈夫かな？」

「うん……一時間経っても出てこなかったら、獣医さんに連絡しよう」

結局、四十五分ほど経ってようやくフユが顔を覗かせた。しかしその姿は、元気に母乳を飲む三匹よりも一回りほど小さく、どうにか胎盤とともに外へ出ても、もがくのが精一杯で乳房へ向かう様子が見られなかった。

「だーちゃん、気づいてないのかな？」

「赤ちゃんここにもいるよ！」

だーちゃんも出産のあとで三匹に母乳を飲ませるので手一杯な様子で、四匹目のフユは未だへその緒が繫がれたままだった。

「どうしよう……」

「ちょっと、獣医さんに連絡してみよう」

タカ兄が獣医の指示を細かく聞きながら、フユの羊膜を破りへその緒を切って、乳房のもとへどうにか手助けして向かわせた。しかしたどり着いても尚、フユは他の三匹と比べて勢いがなく、次第に動きが弱まっていくばかりだった。

「……覚悟した方がいいかもな」

はっきりと言わずとも、タカ兄の言う「覚悟」が意味することを皆が心のどこかでわかっていた。

「やだ！」

「なんで一匹だけ……」

「フユ、頑張って」

昼食を取るのも忘れて見守る子どもたちの願いも虚しく、今年一番短い太陽が空のてっぺんを過ぎた頃、フユは静かに息を引き取った。至ったばかりの季節と同じ名前を持ちながら冷たくなったフユは、まるでこの寒気の中に溶け込んでいくようだった。命の誕生と別れの両方を目の当たりにした午後の日差しの中で、子どもたちは黙って母乳を飲み続ける三匹と横たわるだーちゃんの様子を見つめていた。

「フユに棺をつくってやろう」

タカ兄がフユを手のひらでそっと抱えて言った。

「それから、お昼ご飯を食べよう」

毎日私たちの知らないところで数えきれないほどの命が誕生し、数えきれないほどの命が途絶えていく。この日ここへやってきたハル、ナツ、アキ、そしてフユも、数知れないそれらのうちのひとつで、私たちの日々は関係なしに続いていくのだと実感した。せめて、生まれて間もなく息を引き取ったフユが、マッチ売りの少女のように天国で幸せに過ごしていることを願った。クリスマスプレゼントに赤ちゃんの無事を祈った私たちの希望は、不完全な形で幕を閉じた。

＊＊＊

あれから二日経った、クリスマスイブの朝のことだった。私はいつものように早起きして大きく伸びをすると、だーちゃんとハル、ナツ、アキの寝床へ行って頭を撫で、顔を洗ってランニングウェアに着替えると、庭にあるフユの墓の前で手を合わせた。三匹の子猫たちは生まれたての小さなエイリアンのような姿から、日毎に猫らしくなっていくようで、この拳ほどの身体の中にどれだけの生命力を秘めているのか不思議でたまらなかった。

一方で、このような名前をつけたばかりに一層際立つフユの不在が、朝方の青い空気の中で胸を刺した。あまりにも短い生涯を終えた小さな小さなフユは、一体何のためにここへきて、生まれ、そして息絶えていったのだろう。今更そこに意味を見出そうとしたって全ては後付けの綺麗事でしかない。フユはもういない、それが全てだった。

フユの墓の周りには、子どもたちが摘んできた花や、お気に入りの丸い石や、海で拾った貝殻など思い思いのものが供えられていた。霜が降りたそれらはキラキラと冷たい輝きを放ち、朝陽を静かに照り返していた。私たちはこうして想い続けることしかできず、死はどこまでも一方通行だが、だからこそ私たちの胸に優しさが宿るのかもしれない。

口元に両手をあててフーッと息を吐くと、あたたかく白い吐息がふわりと天に昇った。寒さの中で体を揺さぶりながらしばらく庭で待っていたが、この日は麦と里美が中々やってこなかったので、私は二人を起こしに家の中へと戻った。

みっちゃんや晴海を起こさないよう忍び足で寝室に近づきそっと襖を開けると、私は息を呑んだ。麦と里美の布団は既に空で、そこには脱ぎ散らかしたパジャマが転がっているだけだった。慌てて洗面所やお風呂やトイレまで捜したが、二人の姿はどこにもない。

「おはよう、どうした」

台所で朝食の支度を始めたタカ兄が私に尋ねた。

「麦と里美がいないの」

「三十分くらいここにいるけど見なかったぞ」

「どうしよう、二人で外に出たのかも」

「しまったな……とりあえず近隣の人たちに連絡してみるよ。花はマラソンコースを捜せるか？」

「うん、見てくる」

私は玄関を出るなり自転車にまたがって、冷たい空気を切るように漕ぎ続けた。毎朝走る道が、まるで違って見えた。どうか、いつものように空想の世界に浸りながら、何事もなく無事でいて欲しい。そう願いながらひたすらに漕いだ。

角を曲がって赤いポストまで続く長い道に出ると、遠くに小さなピンクとラベンダー色の子どもたちの姿が見えた。いつも、麦と里美が着ている上着の色だった。二人はあのツリーの家の前あたりで立ち止まり、ぼんやり上を見上げていた。私は変わらぬ二人の様子に一瞬心を緩めたが、すぐに異変に気がついた。二人の手元で、何かが光っている。しかもその光は次第に色を変えながら、少しずつ、上に昇っていく。

それは火だった。何を思ったのか、二人はあの立派なツリーに火をつけていた。私はそのにわかに信じがたい光景に唖然としながら、とにかく一刻も早く止めなければとスピードを上げた。

「麦！　里美！」

息も絶え絶えに、私は叫んだ。二人は驚いた様子でこちらに顔を向けると、その拍子に手元に握っていたチャッカマンを地面に落とし、うろたえた様子でいた。普段は子どもの手の届かないところにしまわれているそれを、一体どう手に入れたのか。幼稚園児の力で、どうやって火をつけたのか。そしてなぜ二人はこんなに朝早くから抜け出して、ツリーに火をつけているのか。様々な疑問と驚きが頭を駆け巡ったが、まずはこの火を消すのが先だった。

「どうしよう……」

家の前にたどり着いて自転車を乗り捨てると、私は必死であたりを見渡した。ツリーの家の整えられた庭の中に蛇口とホースが見えたので、私は無我夢中でそれらを繫ぎ、ツリーに水をかけた。

「二人とも離れて！」

幸い火はそこまで広がっておらず、水をかけると少しして鎮火した。私は思わぬ事態に腰が抜け、その場に座り込んだ。麦と里美は何も言えず、呆然と道に立ち尽くしていた。そこへ、外の騒ぎに気づいたのか家の中からおばあさんが出てきて、ただ事ではない様子を目の当たりにすると、

「まあ……」

と一言呟いて、私たちの姿を見た。誰もが事態を飲み込めていない張り詰めた空気の中で、ついに麦がはち切れるように泣き出した。つられるように、里美も泣き声をあげた。クリスマスイブの朝に、園児二人の泣き声とツリーから漂う焦げたにおいが広がる中で、ベランダに吊るされた電飾だけが虚しくチカチカと光っていた。

＊＊＊

「……お星様が、欲しかったんだもん」

長い沈黙の末ようやく麦が口にした言葉に、私は何と返せば良いのかわからなかった。ずっと前から、二人であの星を手に入れようと秘密の計画をしていたこと。クリスマス会の準備のため、タカ兄が出しておいたチャッカマンをこっそり持ち出したこと。一人ではできないが、二人でどうにか力を合わせて火をつけたこと。マッチ売りの少女みたいに火を灯せば、願いが叶うと思ったこと。パパやママやフユに、また会えると思ったこと……。

麦と里美は星の子の家へ帰ると拙い言葉で時間をかけながら、ぽつぽつと経緯を話した。

ボヤ騒ぎで済んだのが、不幸中の幸いだった。あれ以上大きな火事になっていたらと想像するだけで、冷や汗が出る。警察や消防が来て聞き取り調査が行われ、家主のおばあさんは

「子どもがやったことですから」

と、それ以上騒ぎを広げようとはしなかった。駆けつけたタカ兄が何度も何度も頭を下げながら、焦げたツリーや私が踏み入った庭の手入れ代を弁償すると言うと、おばあさん

は首を横に振り、

「いいのよ。だって、かわいそうじゃない」

と付け加えた。ベランダの柵から小さな兄妹が二人、長いことこちらを見下ろしていたが、

「あんまり見るんじゃないの」

とお母さんにしかられて、キャッキャと騒いで部屋の中へと入っていった。

どうして、こんなにも普通と違うのだろう。この深い深い溝を、私たちは一生越えることはできないのだろうか。いつまでもタカ兄にあんな風に頭を下げさせて、いつまでも「かわいそう」の範疇で許されて、そうすることでしか私たちは生きていけないのだろうか。私たちだって、あの家に生まれていれば。そんなことは考えても無駄だと知っていても、そうせずにはいられなかった。ベランダから見下ろす私たちの姿は、一体どれほど「かわいそう」だったのだろう。

「サンタさん、もう来ないよね」

部屋の隅にうずくまる麦がぽつりと言った。

「麦、悪い子だね」

乾いた涙の跡をなぞるように、再び涙が溢れ出した。

「里美も」

またつられるように、里美も泣き始めた。二人は泣くのも笑うのも、いつも一緒だった。

私は二人の手をそっと握ると、

「大丈夫、サンタさんは来るよ」

と声をかけ、それから
「でも危ないことはもうしないでね」

と付け加えた。二人は泣きべそをかきながら、小さくひとつ頷いた。

二人の呼吸が落ち着く頃にはとっくに昼を過ぎていて、この日は幼稚園を休み、私も付き添って学校を休んだ。朝から大惨事だったが三人揃ってのズル休みは特別感があって、少しだけ気持ちがスッとした。普段は見られない昼間のテレビや、リビングに差し込む日光でくつろぐ猫たち、子どもが学校へ行っているうちに掃除をするタカ兄の姿や、昼寝をする源ちゃんの可愛らしい寝息。私たちが幼稚園や学校で過ごしている間も、ここでの暮らしは絶え間なく動き続けているのだと実感した。そういえば、学校から帰るといつも、この家は綺麗だった。

「せっかくだから、手伝ってもらおうか」

掃除を終えたタカ兄が、大きな段ボール箱を運びながら言った。段ボール箱を覗き込むと、今夜のクリスマス会の飾り付けの材料が詰め込まれていた。

「……やる」

「里美も」

キラキラしたものは、どうしてこうも小さな子どもを惹きつけるのだろう。二人は箱を覗くなり潤んだ瞳を輝かせ、少し元気を取り戻したようだった。金銀輝くモールや、色とりどりのペーパーフラワー、折り紙で作った鎖などを部屋中に貼って、ツリーの周りに手作りの大きな靴下を並べた。

「魔法の部屋ができたわ！」

「パーティーの始まりよ！」

いつもの空想の世界に舞い戻った二人は、すっかりご機嫌な様子で部屋中を駆け回った。台所のオーブンから香ばしいチキンの匂いが漂い始めると、見計らったようなタイミングでみっちゃんと晴海も学校から帰ってきた。

「いただきまーす」

「気が早いよミツ、ただいまだろう」

「だーまー」

源ちゃんもリビングにやってきて、星の子の家はすっかり私の知っている放課後の賑やかな様子に色を変えた。

その時、玄関のチャイムが鳴り皆が顔を合わせると、

「お、来たかな」

と言ってタカ兄がリビングを出て行った。誰が来るのかと待っていれば、

「やっほー」

と声を揃えて、双子の武彦と智彦、そしてその両親がやってきた。

「げ！　なんで来てんだよ」

すかさずみっちゃんが悪態をついたが、その顔はどう見ても嬉しそうだった。

「今日のスペシャルゲストだよ」

タカ兄も再会を喜んで言った。

それから星の子の家の支援者や、付き合いのある近隣の人たちが集い、ささやかなクリスマスのお祝いが始まった。

「一年生になったら、勉強頑張ります」

「お友達をつくります」

麦と里美が抱負を語ると、支援者からランドセルが渡された。ピカピカの赤いランドセルはまだ二人には少し大きくて、それでも胸を張って背負う様子が微笑ましかった。まだ

まだ危なっかしい二人だが、彼女たちの持っている想像の力がいつ何時も守ってくれるよう祈った。

「えっと、悪口に気をつけます」

「みっちゃんとなるべく仲良くします」

「ほんとか?」

みっちゃんと晴海の抱負に、思わずタカ兄が突っ込んだ。

「サッカーを頑張ります」

「それおれが言おうと思ったのに!」

武彦と智彦は相変わらずの息の合い方で、会場を和ませた。療養中のお母さんと、それに寄り添うお父さんが、優しい眼差しで見つめていた。

「よし、じゃあ花」

タカ兄に背中を押されて前へ出ると、よく見知った人たちの顔が一斉にこちらに向けられた。しばらく部屋を見渡しながら、本当にこれがここでの最後のクリスマスになるのだと改めて実感した。

「今年も、みんなでクリスマスを迎えることができて嬉しいです。えっと、私は……」

私は、これからどうしようか。ここで過ごした日々のことが頭を駆け巡った。まだ、ちゃんとした言葉にはできないけれど、ひとつの確かな思いが胸に宿っていた。

「……私は、小さな者を守りたいです」

恐る恐る口にした言葉が自分の耳に返ってきて、胸がドキドキした。

「ここで過ごして、タカ兄やみんなと出会って、だーちゃんや子猫たちとも出会って……色々なことがあって、そう思いました」

視界の隅で、俯きがちに聞くタカ兄の姿が目に入った。

「まだ何ができるかはわからないけど、そういう人になりたいです」

言い切ってみると、不思議と心が軽かった。ずっと心の奥底にあったけれど、自分には無理だと思い込んで、言えずにいたことだった。とてもとても緊張したが、この日この場所で言えてよかった。あたたかい拍手の中皆の方へ戻ると、少しだけ照れくさかった。

突然リビングの明かりが落とされて、皆がざわざわとしていると、

「メリークリスマス！」

と高らかに声をあげて、タカ兄の扮したサンタクロースがやってきた。

「来たー！」

「あ、タカジジイだ！」

「ジジイじゃないぞ、サンタだぞー」

子どもたちの高揚感もピークに達し、サンタの袋から手作りの靴下へプレゼントが配られると、皆飛びつくようにツリーの周りへ集まった。

「よっしゃー！」

「おれにも見せて！」

「これ本当にサンタがくれたの？」

「欲しかったやつだ！」

「だー！」

皆口々に感想を言いながら、贈り物を喜んだ。武彦と智彦には色違いのサッカーシューズ、みっちゃんには赤いニットの手ぶくろ、晴海にはぬいぐるみに着せる服、源ちゃんには青いミニカーが贈られた。

「ピカピカ！」

「ピカピカ！」

一段と目を輝かせて、プレゼントの箱を開けた麦と里美が声をあげた。おそろいの星のペンダントをぶら下げて、二人は飛び跳ねて喜んだ。二人の胸元でキラキラと光るそれらは、本当に彼女たちの願いを叶えてくれるような気がした。

「ねえ、花ちゃんのは？」

子どもたちに急かされて、私も靴下の中身を見た。結局バタバタと日々を過ごす中で、欲しいものを伝えるのを忘れていた。というより、自分でも欲しいものがわからなかった。そんな私に、サンタクロースは一体どんな贈り物をしてくれたのかとドキドキしながら、丁寧に梱包された箱を開けた。

「あ、」

そこに入っていたのは、スマートフォンだった。今まで、負担をかけたくないし無くてもいいと特にねだることもなかったが、不意に訪れた意外なプレゼントに私は驚いて、タカ兄の顔を見た。

「さすがに要るだろう。新しい生活にも、やりたいことをやるのにも」

「……ありがとう」

「ってサンタが言ってたぞ」

「じゃあ、ありがとうって伝えておいて」

「おう」

「あー、いいな、みっちゃんもケータイほしい！」

「晴海も！」

「小学生はまだ」

「えー、ケチ」

「ケチ」

「ケチでけっこう！」

今年も私たちなりのクリスマスが過ぎ行こうとしていた。それは決して普通ではないのかもしれないが、その分特別だった。誰もが心に寂しさを抱えながら、それでも寄り添い合って年を越えていく。そうして過ごしてきた、ここにしかない無数の日々を、胸いっぱいに抱きしめた。その瞬間、もう「かわいそう」と思われようと、誰に何を言われようと、関係ないのかもしれないと思えた。

「さあ、始まりよ！」

「マッチはいりませんか！」

「火はもう勘弁しておくれ……」

突如始まった麦と里美のお遊戯会に、タカ兄が呆れながらも優しい視線を送った。

「シュッシュッ！」

「シュシュシュッ！」

「あったかいストーブ！」

「テーブルいっぱいのごちそう！」

「おおきなクリスマスツリー！」

少し禿げたツリーの横で、二人は何度も空想のマッチに火を灯した。その度に、彼女たちを囲む私たちの胸にまで、ぬくもりが宿るようだった。そのぬくもりを逃さぬように、絶やさぬように、これ以上の悲しみに暮れぬように。星の瞬きとともに、聖なる夜がふけていく。

花びらとツバメ

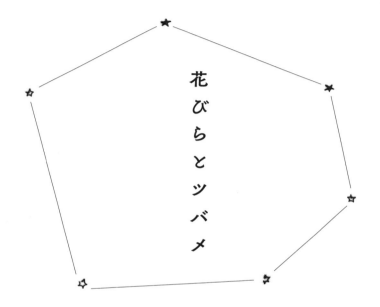

あの人のぬくもりに抱かれて、長いこと電車に揺られていた。車窓の景色はビルの灰色から次第に緑へと染まり、トンネルを抜けると桜色の一帯が視界に飛び込んだ。あれは春のことだった。風に舞って車窓の外側に貼り付いた一枚の桜の花びらに触れたくて、幼い私が懸命に指でなぞっていると、あの人が呆れたようにその手を取って自分の胸元に置いた。視界を通り過ぎていく暖かな景色とは裏腹に、その手は驚くほど冷たかった。小刻みに続く揺れが、電車の振動かあの人の胸の鼓動か、あるいはその両方なのかわからなかった。

再びトンネルに入ってあの人の顔を見上げると、あの人は真っ暗になった車窓を見つめたまま不安げな表情でいた。私は何もわからないまま電車に乗っていたが、「何かが変わってしまうのかもしれない」と幼心にも察した。私は途端にそれまであの人と過ごしていた団地の景色や、離れ離れになった保育園の友達のもとへ戻りたいと思ったが、電車は無慈悲な速さで進み続けていた。トンネルを抜けて車窓へと視線を戻すと、さっきまで貼り付いていた桜の花びらは、いつのまにかどこかへ行ってしまった。

そうしてあの人の生まれ育った海の見える街で暮らすようになったのは、確か私が三つか四つの頃だった。当初はまだ祖母や幸子おばさんも近くにいたが、私が小学校へあがる頃には祖母が亡くなり、幸子おばさんも結婚して越していき、気づけばあの畑のある家で私たちは二人きりだった。今思えば「出戻り」であったあの人が、当時私一人を連れてどんな心地で電車に揺られていたのか、今となっては尋ねることもできない。ただ、確かにあの頃からあの人の様子が変わっていったということだけは、うっすらと覚えている。

何かが変わってしまうのかもしれない。不安とも期待とも言い切れぬその感情に、私は今再び取り憑かれている。通学路の梅の花が白く灯り始めて、専門学校の合格通知と入学書類が届いた。自立援助ホームの措置決定も無事に済んで、四月にはそこで暮らしながら働き、同時に保育の勉強をすることになる。小さな者を守りたいという芽生えたばかりの漠然とした思いを、一番幅広く、早く、手頃に叶えられそうなのが保育の専門という道だった。タカ兄の助けもあって奨学金も決まり、お世話になっているスーパーでレジ打ちのアルバイトも始めた。すべてが恐ろしいほどに着々と、粛々と、淡々と進んでいた。当たり前のように暮らしてきたこの場所から、当たり前のように出ていかなければいけない現実が、切実さを増して迫っていた。

十年、それが私に初めて与えられたタイムリミットだった。八歳のときに星の子の家へ入所して、十八歳の春を迎えるまでの十年。まさに今、その砂時計の砂が落ち切ろうとしている。いつものように子どもたちと笑い、タカ兄のご飯を食べ、自分のベッドで眠りにつきながら、その日常の一粒一粒が私の身体から流れ落ちていく。ここを出ていくときには空っぽの自分になってしまうようで怖い。今の私にとって自立とは、いったん空っぽになることだ。

二年、これが次に私に与えられたタイムリミットである。自立援助ホームで暮らしながら、アルバイトで毎月の寮費三万五千円と少しの小遣いを稼ぎ、専門学校で保育のことを学んで卒業するまでの二年。二年後の春には私は二十歳で、職を見つけて、いよいよ本当に自分の足で社会へ歩み出すことになる。今はまだ、自分のことじゃないみたいに遠い。ここではないどこかから、そこではないどこかへ再び旅立つとき、私はまた空っぽの心地がするのだろうか。一体どこへ行けば、ついに満たされるのだろう。

思えば、随分と様々な場所を渡り歩いてきた。あの人と過ごした都会の団地から、あの人の生まれ育った街へ。そこから星の子の家へやってきて、今度は自立援助ホームへ。その先はどこへ行けば良いのだろう。どこへも行くことができなかったら、どこへ帰れば良いのだろう。きっとタカ兄は「いつでもおいで」と言ってくれるけど、私のベッドも机も他の誰かのものに変わった後で、変わらずここに帰れるだろうか。やはり何かが、否、何もかもがこの春を境に変わってしまうような気がしてならない。

ツバメが運んでくれれば良いのに。ふと、そんな思いが浮かんだ。何だったかと記憶をたどれば、星の子の家へ来たばかりの頃によく読んでいた「親指姫」のことだと思い出した。曖昧な記憶を確かめようと子ども部屋に積まれた絵本の山を漁ると、あの頃より少し色あせた親指姫の絵本が埃をかぶっていた。埃をフーッと吐息ではらうと、窓から差し込む光に反射して、季節遅れの雪のようにキラキラと舞った。それを眺めるうちにいくらか吸い込んでしまったのか、私はくしゃみをひとつした。

チューリップの花から生まれ、ひとりの女の人へ授けられた親指姫は、ある日ヒキガエルにさらわれて川面のスイレンに閉じ込められる。魚たちがスイレンの茎を嚙み切って親指姫は遠くへ流れるも、今度はコガネムシに捕まり森の中へと飛ばされる。ひとり寒さに凍えていると、気の良いノネズミのおばあさんが親指姫をかくまう。そこでしばらくは穏やかに暮らすが、ある日隣のモグラとの縁談を持ちかけられる。日の当たらないモグラとの暮らしはごめんだと悲しみに暮れている頃、親指姫は一羽の傷ついたツバメを看病する。そうしていよいよモグラとの結婚式の日、親指姫が空を見上げると元気になったツバメが飛んできて、あたたかい花の国まで運んでくれる。親指姫はそこで出会った王子様と結ばれて、

「いつまでも幸せに暮らしましたとさ」

絵本を締めくくるありきたりなその一文を、声に出して読んでみた。現実には、いつまでも続く幸せなんてあり得ないと知っている。始まりがあれば終わりがあって、多かれ少

なかれ人はその悲しみを抱えて生きていく。だからこそ多くのおとぎ話は、いつまでも続く幸せで締めくくられているのかもしれない。夢と現《うつつ》は表裏一体だ。

星の子の家へ「措置」された八歳の頃、私はヒキガエルに閉じ込められたような、コガネムシに飛ばされたような、あるいはノネズミにかくまわれたような心地で、とにかく心細かった。次第に美味しいご飯や温かいお風呂、タカ兄や子どもたちの優しさに包まれて、与えられた日常に順応していったが、その幸せが期限付きであることは初めからわかっていた。それでも心のどこかで、いつかツバメが幸せの国へ運んでくれることを待ち望んでいた。

ここを出る日が間近に迫って、絵本のようには締めくくれない現実を改めて目の当たりにする。少しでも悲しみのないあたたかな場所へ行きたければ、自分の力で飛んでいくしかない。しかも今いる地点が寒ければ寒いほど、そこへたどり着くのは果てしなく困難だ。世の中がそういう仕組みでできていることを、一歩進むごとに実感する。ここで暮らすには大人すぎて、社会へ出るには子どもすぎる十八歳の私は、進学するにもバイトをするにも部屋を借りるにも、自分の立場の弱さを突きつけられる。私のもとにツバメは来ない。

それでも容赦無く春は来る。いつか車窓から見たような桜の花が、きっと今年も咲き乱れる。それらがすべて散る頃には、私はここではないどこかで生きている。

「これ、持ってってもいい？」

庭で洗濯物を干すタカ兄に話しかけると、

「ああ、よく読んでたな」

と言ってタカ兄は懐かしい顔でうなずいた。開けた窓からまだ冷たい三月初旬の風が吹き込んで、私は少し身震いすると
「ありがとう」

と言って窓を閉じた。風に紛れて冬と春の間のような土っぽい香りがして、私は再びくしゃみをひとつした。自分の部屋へ戻って、端に積まれた段ボール箱の一番上に親指姫の絵本をしまった。新しい場所でこの箱を開ける時、最初にこの絵本の表紙が見えたら、少しは幸せの国へ行けるような心地がするかもしれない。私は中身がわかるよう、箱の外側に黒いマーカーで、小さくツバメの絵を描いた。

＊　＊　＊

この春、ここを旅立とうとする者がもう一人あった。

「ママ、だっと」

二ヶ月後には三歳になる源ちゃんが、保育士さんに向かって手を伸ばしヨチヨチと歩いている。「ママ」「だっと」「ブーブー」、この三つが今現在源ちゃんがはっきりと意味を持って発する言葉だ。意味を持つといっても、源ちゃんが「ママ」と呼びかける対象は不特定多数で、その中には私やタカ兄やみっちゃんや猫のだーちゃんまで含まれる。道行く車をひとまとめに「ブーブー」と呼ぶように、身近に関わる人を等しく「ママ」と呼ぶ源ちゃんは、生まれてこの方親という存在を知らない。未熟児として生まれ病院に預けられているうちに、両親が失踪してしまったのだという。

西原夫妻が星の子の家を定期的に訪れるようになったのは、昨年の夏からだった。もともと、ここで度々行われるフリーマーケットに物品提供をしたり、長期休みに身寄りのない子の帰省先として受け入れたりと、この家の支援者としてつながりが深かった。私も何度か、盆や正月に西原夫妻のお宅を訪ねたことがある。自然に囲まれた立派な日本家屋で、家を支える太い柱から心地よい木の香りがする。夫の正雄さんは建築関係の仕事をしていて、自宅の設計にも自ら携わったそうだ。妻の麻里さんはガーデニングが趣味で、よく庭で育てたイチゴやブルーベリーのジャムを星の子の家へ送ってくれる。結婚して十年以上になる二人は、シベリアンハスキーのタクル（正雄さんは昔ラグビーをやっていたらしい）とともにあたたかい家庭を築いている。

本当に、絵に描いたようなあたたかい家庭だと思っていた。しかしある夏、私はあの家に潜む悲しみを知ってしまった。昼下がりに皆でおやつを食べている途中、私はトイレへ行こうとして間違って別の部屋の扉を開けてしまった。すぐに出ようとしたのだが、タンスの上に並べられたたくさんの写真に目がとまり、私は思わず立ち止まった。写真にはどれも小さな男の子の姿が写されて、泣いたり笑ったりしていた。

「花ちゃん、大丈夫？」

私の戻りが遅いのを心配した麻里さんがやってきて、私はすぐに

「ごめんなさい」

とその部屋を出ようとした。すると麻里さんは

「いいのよ」

と笑って私の頭を優しく撫でると、並べられた写真に目をやった。麻里さんの手元から、品のある良い匂いがふわりと香った。

「これ誰？」

私が何気なく尋ねると、

「健っていうの。私の息子」

麻里さんは小さく答えた。

「でも、どこにいるの？」

「うん……今はね、ここにいるの」

麻里さんはそう言って、胸元にそっと手を置いた。その表情は変わらず微笑んでいたけれど、今までに見たことのない悲しみを帯びていた。私がそれ以上何も言えずにいると、麻里さんは再び私の頭をそっと撫でて、

「トイレ、迷っちゃったのよね。こっち」

と言って私を案内してくれた。トイレから戻ると、麻里さんも正雄さんもいつもの明るい調子で談笑しながらおやつを食べていた。当時小学生だった私は、目に見える感情が全てではないのだと知った。


「特別養子縁組？」

新生活に向けた買い物をしにタカ兄とホームセンターへ向かう途中、私は車の助手席から尋ねた。

「うん、半年以上準備してきたけど、ようやく叶いそうだ」

「西原さんたちが、源ちゃんの親になるってこと？」

「そうだ」

「正式に？」

「正式に」

「本物の？」

「本物の」

「……すごいね」

「うん……すごいことだよな」

角を曲がり大通りに出ると桜並木が現れて、よく目を凝らすと枝の一本一本に今にも開きそうな蕾がついているのが車の中からでもわかった。外はまだ吐息が白く染まる寒さだが、街中の木々や風が春を迎えようとうずうずしているのが感じられた。

「もうすぐだね」

「ちょっと道混んでるから、あと十分くらいだな」

「じゃなくて、桜」

「ああ……ほんとだな」

ちょうど信号待ちに差し掛かって、タカ兄も道路脇の桜に目をやった。

「西原さんのところ、昔子どもがいたんだよね」

「うん。亡くしてからずいぶん悩んでたみたいだけど……こないだの盆に源を預かって、やっぱりもう一度子どもを育てたいって」

「そっかあ」

「源のやつ、発達がちょっと遅いだろう」

「ああ、うん」

「本当はもっと特定の大人との安定した関係が必要なんだよ。けど、うちじゃ限界があるからなあ」

「まだ二歳だもんね」

「うん。源にとっても、西原さんにとっても、きっと良い選択になるよ」

タカ兄は半ば自分に言い聞かせるように呟いた。特定の大人との安定した関係。おとぎ話の王子様のように遠い言葉に思えた。もちろん星の子の家に来てから、タカ兄や保育士さんたちと長い年月を過ごし、信頼も感謝もしている。しかしそこにははっきりと期限が設けられ、度々人の入れ替わりもあった。やはりどこまでいっても、不特定さや不安定さがつきまとう。

私はいつか西原さんのお宅で見かけた息子さんの写真を、ぼんやりと思い返した。当たり前に、永続的に、父母の視線や温度や愛情を独占できると信じてやまないその眼差し。私はあれを見た時、その濁りのなさに吸い寄せられ、偶像を見上げるように立ち尽くした。

とても眩しかった。羨ましかった。私が一生かけても手にすることのできないものがそこにあった。「健」という名のその子の成長は、確かちょうど今の源ちゃんくらいのところで止まっていた。

「源ちゃん、私たちのこと忘れちゃうかな」

「いいんだよ、忘れたって。源が幸せなら」

「あ、青」

「おう」

車は再び走りだし、桜並木が視界を通り過ぎていく。いつもの道、いつもの店、きっといつも通りに咲く桜。しかしそのどれもが、もうじき私の「いつも」から外れていく。過ぎゆく景色を眺める中で、私はハンドルを握るタカ兄の様子をちらりとうかがった。タカ兄はいつも通りにそこに座って、陽気に鼻歌を歌っていた。

＊＊＊

白い光の中に　山なみは萌えて
遙かな空の果てまでも　君は飛び立つ

限り無く青い空に　心ふるわせ
自由を駆ける鳥よ　ふり返ることもせず
勇気を翼にこめて　希望の風にのり
このひろい大空に　夢をたくして

高校を卒業した。高校自体に大して思い入れはなかったが、高校に通っているという状態には思い入れがあった。高校に通っていなければ、私は早々に社会へ放り出されることになる。高校進学は、私がまだ星の子の家で過ごし守られるための理由だった。他の子たちが当たり前にすることでも、私の場合はいつも明確な理由が必要だった。

学年で歌った合唱曲の歌詞は、まるで親指姫の最後の場面のようだった。「自由を駆ける鳥」という言葉は、私の中ではっきりとツバメの姿で思い浮かんだ。本来は、旅立ちの日を迎えた私たちのことを指しているのだろう。自由を駆ける。確かに、高校という枠組みや制度から解き放たれた私たちは、自由になると言えるのかもしれない。しかし私にとっては、自由であることこそが不自由だった。自由に解き放たれた後で、私は何を信じ、何に頼り、何に守られれば良いのかわからない。

色恋とまでは言わないが、私の高校生活にも多少の甘酸っぱい思い出がある。二年の夏頃だっただろうか、いつも通り土臭い田んぼのあぜ道をひとり自転車で家へ向かっていると、同じ学校の制服を着た男の子が田んぼの中で何かを捜し回っていた。何をしているのかと思いつつ、周りにいた他の人たちと同様に彼の後ろ姿をチラ見して通り過ぎようとした。しかし視線を前に戻そうとした途中、道端に転がった赤いものが視界の隅で光った。

よく見ると、それは高校の上履きのスリッパだった。高校では皆指定のスリッパを履いていて、その色は学年ごとに赤と青と緑に分けられている。私の学年は赤だったので、道端のスリッパが彼の捜しているものだとしたら彼は同級生だった。私は自転車を止め、落ちているスリッパを拾い軽く泥を払うと、彼のもとへ歩み寄った。

「あの、これ」

「……あ、それ！」

彼はスリッパを目にするなり田んぼから道の方へと駆け上がり、やっと見つけたというように手を伸ばした。泥だらけのスニーカーがビチャビチャと音を立て、手や顔も汚れていたが、確かに同じ学年のどこかで見かけたことがあるような気がした。色白で腕が細く、額を覆う重い前髪に目元が埋もれていた。スリッパには「大野」と書かれていた。

「うわっ……」

スリッパから私の方へと視線を上げた彼が、反射的に声をあげた。少しして、私は犯罪者の娘として校内で名が知れていることを思い出した。否、忘れていたわけではないのだが、私にとってはとっくに当たり前になっていて逐一思い出すまでもないことだった。別にそのことで直接何かを言われたり、手を出されたりしたことはないが、入学当初からどこか皆よそよそしく腫れものに触るような目で私を遠巻きに見ていた。そして私も同じように、皆のことを遠巻きに見ていた。それがこの場所での安定した私と周りとの距離感だったのだが、彼のスリッパを拾ったことで私はついうっかりその距離を越えてしまった。

「あ……あの、ご、ごめん……」

たどたどしい話し方で、彼は何に対してだかわからないが申し訳なさそうに言った。

「ううん」

私も、なんか、ごめん。なんだかこちらまで何かに対して申し訳ない気持ちが込み上げて、私はスリッパを渡すとすぐにその場を立ち去った。あのスリッパは廊下を歩くたびにギュッ、ギュッと音を鳴らすが、それに似た鈍い音が心の底で擦れるように鳴った。

再び自転車にまたがってあぜ道の続きを漕ぎながら、私はふと思い至った。私たちが申し訳ないと思ったのは、自分自身の存在に対してだ。ここにいて、ごめんなさい。あらゆる制度や、学校生活や、そこで交わされる視線や会話の中で、「ここにいてはいけない」あるいは「ここにいないものとされている」ということを何度も何度も思い知った。大野という名の同級生の、下の名前も普段の生活も私は何も知らないが、彼もまた同じようにここにいるということそれ自体に頭を下げながら日々を送ってきたのかもしれない。

それきり関わることはないだろうと思っていた。スリッパを拾って、名前を知って、別れを告げた、ただそれきり。しかし明くる日私が登校すると、

「せ……瀬戸口さん、」

いつから待っていたのか、彼は玄関で突然私を呼び止めた。先生の点呼以外で名前を呼ばれることなどほとんどないので、私は少し間の抜けた顔で振り返った。

「……何？」

「あ、あの……」

彼はやはりたどたどしい話し方で、申し訳なさそうに下を向いていた。私が外履きを脱いで下駄箱にしまいスリッパに履き替えても尚、彼は黙って下を向いていたので、私は軽く会釈をして教室へ向かおうとした。するとすかさず彼が追ってきて、ついに口を開いた。

「こ、これ！　……く、靴の……お礼に」

突然声を出したものだから、少し声が裏返っていた。彼は「お礼」と言って一枚のチラシを私に渡すと、いたたまれない様子でその場を去っていってしまった。

「え、ちょっと……」

訳がわからぬまま手渡されたチラシに視線を落とすと、そこには「大野庵」と太字で書かれ、艶やかな蕎麦の写真と「打ち続けて八十年」という力強いコピーが添えられていた。実家が老舗の蕎麦屋なのだろうか。あのなよなよとした佇まいからは想像できなかったが、チラシを裏返すと「昨日はありがとうございました。よかったらみなさんで」と、やはり申し訳なさそうな手書き文字で書かれていた。初めは何かの悪戯か罰ゲームなのではないかと疑ったが、近くで見た彼の眼差しは、前髪に埋もれながらもまっすぐこちらを見ていた気がした。それに、「よかったらみなさんで」という星の子の家への気遣いが、素直に嬉しかった。

その年の夏休みに入って、星の子の家の皆で大野庵を訪れた。普段、皆で外食をすることなどほとんどないので、とりわけ小さな子どもたちは大はしゃぎだった。タカ兄も喜ぶ子どもたちを微笑ましく見ながら、

「花にこんな友達がいたなんて……ありがとな」

と配膳を手伝う彼に深々と頭を下げた。

「い、いえ……」

彼は少し気まずそうに、困り顔なのか笑顔なのかよくわからない顔をした。私たちはきっと友達ではない。互いを特別に好きとか、もっと近づきたいとか、そういう感情があ

るわけでもない。それぞれ高校の隅っこで申し訳なく過ごしている、ただスリッパを拾い拾われただけの関係だ。それでも同じ種族の存在を認識したというだけで、いくらか気持ちが軽くなった。名付けるならば、私たちは「ごめんなさい同盟」だ。

それ以来彼と会うことはなかった。というのも、二年の夏休みが明けてから卒業式に至るまで、彼は一度も登校しなかったからだ。私は登校するたびに、不意に呼び止められるのではないかとほんの少し期待したが、そんなことが起きるはずもなかった。かといって不登校の理由を詮索したり、家まで行ってみたりするつもりもなかった。私たちはそこまでの関係ではないからだ。時間が経つにつれて、スリッパを拾ったことや名前を呼ばれたことも、きっと忘れてしまうだろう。

卒業式が終わって、タカ兄と共に玄関へ向かった。タカ兄は記念品の紅白饅頭の袋をぶら下げて、まだ少し涙ぐんだ目をしながら校内放送で流れる「威風堂々」に合わせて鼻歌を歌っていた。玄関にたどり着くと、すっからかんになった三年の下駄箱に一足だけ、赤いスリッパが残っていた。通りすがりにちらりと目を向けると、埃をかぶったスリッパの左に「大野」、右に「貫太」と書かれていた。大野貫太。初めて目にしたフルネームは、やはりあのなよなよとした佇まいからは想像できず、知らない人のようだった。実際に、私は彼のことをほとんど知らない。知る必要もない。誰かのことを必要以上に知るのはまだ怖い。

いつか大人になって、ずっとずっと大人になって、やはりあれは「恋」だったなどと思い返すことがあるだろうか。怖がらずに会いに行けばよかったと、後悔したりするのだろうか。

「あるわけないか」

脱いだスリッパをカバンにしまいながら、小さく呟くと
「ん？」

タカ兄が鼻歌を中断して振り返った。

「なんでもない」

靴を履いて玄関を出ると、今度は私が鼻歌の続きを歌った。過ぎ去る下駄箱の木の香りの中に、ごめんなさい同盟のささやかな記憶が人知れず溶けていった。

＊　＊　＊

親指姫の母は一体誰なのか。土曜日の朝ぐずぐずと布団にこもりながら、ぼんやりとそんなことを考えていた。チューリップから生まれたから、チューリップだろうか。子ども

がほしいと願ったひとりの女の人だろうか。その人にチューリップを渡した魔法使いだろうか。それとも、親指姫がさらわれた先でかくまったノネズミのおばあさん、あるいはそこから連れ出してやった一羽のツバメだろうか。誰もが母になり得るようでいて、完全にはなりきれないような気がした。母とは、子とは、何を以てそう言えるのか。

重たい上半身をどうにか起こして、ぼんやりした頭が冴えるのを待った。夏まで金魚鉢が置かれていた、棚の上のポッカリ空いた空間が目に入った。今は金魚鉢はリビングに置かれ、晴海のすくった金魚が一匹泳いでいる。私はあの人のことをすっかり切り離し、自分自身を歩みだそうと決心したが、その心はいつだっていとも簡単に揺らぎ崩れてしまいそうな危うさを孕んでいた。あの人を切り離したことでできた空洞が、そっくりそのままあの人の形をして、むしろ私の中で際立っていく。その空洞に名前をつけるなら、きっと「罪悪感」というのがふさわしい。私がこれからどれだけ幸せな国へ飛んでいけたとして、この空洞を一生抱えていなければいけないのだろうか。頭は一向に冴えず、うんざりと重みを増すばかりだった。

ベッドからギリギリ手の届く位置で充電されたスマートフォンに手を伸ばし、メールの通知を確認した。「たった1日で100万円?! 今すぐチェック!」「タクヤです。ちょっと電話できるかな?」「久しぶり! 恵美だよ~覚えてる?」「【保有ポイントのお知らせ】15ポイントが追加されました」「自宅で副業しませんか？　新着情報はこちら↓↓↓」「タクヤです。あれ、メール見れてる？」夜中に溜まった迷惑メールやプロモーションメールを左スワイプで消していく。

　スマホを手にして三ヶ月近く経つが、アルバイトのシフト調整以外で特に誰かと連絡を取り合うようなことはない。それでも、何も考えたくない朝に何も考えずにいるためにはちょうどよかった。コンビニのレジに並ぶ待ち時間や、アルバイトの休憩中なんかに、何かをしている雰囲気を醸し出すのにもいい。これさえ持っていれば、いかにも「普通の人」らしく街の景色に溶け込めるような気がした。

「あ、」

　危うく専門学校からの一斉メールを消しかけて、私はこの日最初の声を小さく発した。春から始まる授業に向けてテキストを買うようにという、リマインドのメールだった。私は既に揃えていたテキストをもう一度確認しようと、ようやくベッドから起き上がった。勉強机に置かれたテキストをパラパラとめくると、乳幼児の心理や発達に関して事細かに記されていた。

　赤ちゃんはお腹の中でも音に反応し、特に母親の高い声（マザリーズ）を好むという。また鼻は、生まれてすぐに母親の母乳の匂いを嗅ぎ分けることができるという。視力は新生児の時点で〇・〇一ほどで、それはちょうど母親に抱きかかえられた時に顔が見える程度だという。私たちの目も、耳も、鼻も、全ては母に向かい、愛されるため緻密に設計されているのだと知る。では、そのような身体を持ちながら設計通りに望みの叶わなかった者たちは、一体どうなってしまうというのだろう。私は想像するのが怖くなってテキストを閉じた。

「あー！」

「こら！」

麦と里美の叫び声に慌てて一階へと駆け下りると、オムツを穿かずにぐずっていた源ちゃんが廊下でお漏らしをしていた。イヤイヤ期真っ盛りの源ちゃんは、最近何をするにもまずは首を横に振る。言葉の発達は遅いが、態度で気持ちがはっきりとわかった。もうじき始まる幼稚園に向けてトイレトレーニングもしなければならないが、オムツ卒業の兆しは一向にない。

「タオル持ってくるから、動かないように見てて」

そう言って私が洗面所へ行って戻ると、騒ぎを聞きつけたみっちゃんと晴海もリビングから顔を覗かせていた。

「うえ、きったねー」

「みっちゃんも手伝って」

「そんなんじゃまた捨てられるよ」

「そんなこと言わないの」

私がタオルで床を拭いていると、みっちゃんの言葉を真に受けた麦が心配そうに尋ねてきた。

「源ちゃん、捨てられちゃうの?」

「ううん、源ちゃんにはもうすぐ新しい家族ができるんだよ」

「パパとママ?」

今度は里美が尋ねた。

「うん、パパとママ」

「いいなー、里美も欲しい」

「麦も!」

「欲しい!」

園児たちが駄々をこね始めて返答に困っていると、見計らったかのように玄関でチャイムが鳴って、皆一斉にそちらを見た。

「お、来た来た」

朝食の支度を中断したタカ兄が、前掛けで手を拭きながら玄関へと向かう。

「来たよ」

「うん、来たね」

「ほら、源ちゃんオムツ穿いて」

「もう来ちゃったよ」

勘の良い子どもたちが源ちゃんにオムツを穿かせようと急かしていると、玄関のドアが開き西原夫妻の姿が見えた。ここのところ週末になると、源ちゃんは西原さんに迎えられ、休日を三人で過ごしている。

「いやあ、どうも」

「すみません、ちょっと早かったですよね」

「いえいえ、ちょうど今そこで……」

「あら、みんなおはよう」

「おはよう」

声をかけられて、子どもたちは皆どこかぎこちなく会釈をしたり、小さく「おはよう」と呟いたりした。

「源ちゃん、おはよう」

源ちゃんの姿を確認するなり、西原さんたちの表情は一層明るさを増した。

「ほら源、おはようは？」

「……」

タカ兄に促されるも、源ちゃんは機嫌の悪さを引きずったまま下を向いている。

「すいませんねえ……ほら、源、穿かせてもらいな」

タカ兄がそう言って目配せすると、西原夫妻は靴を脱いで源ちゃんのもとへ駆け寄り、二人がかりで丁寧にオムツとズボンを穿かせた。その様子を、子どもたちは皆一歩離れたところから、静かに見つめていた。

西原夫妻と源ちゃんは、厳密に言えばまだ親子ではない。四月になったら生活を共にし、そこから六ヶ月以上の試験養育期間を経て、ようやく法律上でも親子として認められるという。それでもこのとき既に、西原夫妻の源ちゃんへの眼差しやおはようと語りかける声、そっと触れる手の優しさは、源ちゃん以外の私たちに向けられるそれとは全くの別物であった。麻里さんの品の良い香りも、正雄さんのよく響く温厚な声も、これから全て源ちゃんのものになっていくという予兆がそこにある。親とは、子とは、絶えることのないこの予兆のことを言うのかもしれない。

「今日はどうするんですか？」

「ゆっくりドライブしようかなって。ほら源ちゃん、ブーブー好きだから」

「よかったな源、ブーブーだぞ」

「ブーブー！」

正雄さんに抱きかかえられた源ちゃんは、家の前に駐められた車を見るなり嬉しそうに声を上げた。その様子を夫妻で微笑ましく見つめながら、三人は出かけていった。ドアが閉まり、車のエンジン音が立ち去ると、星の子の家に静寂が残った。

「さ、朝ごはんだぞー」

タカ兄の掛け声で、皆とぼとぼとリビングへと戻っていった。麦と里美が猫たちに餌をやり、晴海は台所へ皆の箸やスプーンを取りに行き、みっちゃんは食卓でテレビをつけて頬杖をついている。なんの変哲もない朝へ戻ったようでいて、皆どこかでそわそわと落ち着かない様子だった。この春私は自立を迎え、源ちゃんには新しい家族ができ、そして他の子たちの日々はこの家で続いていく。誰かの変化は、他の誰かの日常にも少なからず変化をもたらす。この春を前にして、なんだか家中が「何かが変わってしまうのかもしれない」という気配に満ちていた。

半熟に焼けた目玉焼きがそれぞれの皿に分けられて、私たちは一斉に「いただきます」と手を合わせる。いつもより一人少ない食卓で、とろける黄身を頬張る。

＊＊＊

電話のベルが鳴ったのは、その日の夕暮れのことだった。

「はい、……はい。大丈夫ですから、ね、落ち着いて」

ただならぬ様子を感じ取り、子どもたちも遊びを中断して聞き耳を立てていた。

「いえいえ……駅前ですね？　……はい、わかりました。後ほど」

受話器を置くと、タカ兄はフーッと一息ついた。

「正雄さん？」

「ああ」

「何かあったの？」

「いや、ちょっと公園で遊んでて、源が遊具から落っこっちゃったみたいで。でも擦り傷程度だって」

「なんだ、よかった」

「ただ、麻里さんが相当ショックを受けてるようだから……ひとまず今日は源を帰らせることになったよ」

今週末、源ちゃんは西原さんのお宅で過ごす予定だった。

「迎えに行ってくるから、火、見といてくれるか」

「うん、わかった」

「十分経ったら止めといてな」

私はタカ兄に代わって大きな鍋の前に立った。その日の夕食はロールキャベツで、軟らかく煮立ったキャベツの中にナツメグがほのかに香り、換気扇に向かって白い湯気が昇っていた。子どもたちの口に合わせて大小様々なサイズで巻かれたロールキャベツの中に、一際小さなものが二つあった。こんなこともあろうかと、タカ兄が源ちゃん用に作ったものだった。

「源ちゃん、帰ってくるの？」

食卓で宿題をしていた晴海がこちらに向かって尋ねた。

「うん、今日は帰ってくるって」

「やっぱアイツ捨てられたんだ」

横になってテレビを見ているみっちゃんが、ぼそっと漏らした。

「そんなことないよ」

私が言うと、みっちゃんは今度は晴海に向かって

「代わりに拾ってもらえば？」

と意地悪く言った。

「ママが迎えに来るもん」

「まだそんなこと言ってんの？」

「……約束したもん」

「しょーもな」

それきり二人の会話は途絶えて、リビングにテレビの音だけが響いた。画面の中でホッキョクグマの親子が身を寄せ合いながら、長く険しい北極の旅路を歩いていた。母熊は何日も食事をとっていないにもかかわらず、小さな子熊を懸命に天敵から守った。

「ほんと、しょーもないわ」

しばらく見て、みっちゃんはチャンネルを替えた。

三十分ほど経ち、タカ兄が源ちゃんを抱えて帰ってきた。遊び疲れた様子の源ちゃんは、タカ兄の肩で親指を咥えたまま、うとうとと眠りに落ちていた。

「大丈夫だった？」

出来上がったロールキャベツを器によそいながら、私は尋ねた。

「うん、源はこの通り」

そう言ってタカ兄は源ちゃんを保育士さんに預け、寝室で休ませるよう目配せした。左足の膝小僧には少し大きめの絆創膏が貼られ、うっすらと血が滲んでいた。

「麻里さん、ごめんなさい、ごめんなさいって、何度も謝るんだよ。子どもなんて滑って転んで大きくなるんだから、大丈夫って伝えたんだけど」

「うん」

「亡くした息子さんのこともあって、不安なんだろうな」

タカ兄は再び前掛けをして、冷蔵庫から作り置きの副菜を取り出してよそい、炊きたてのご飯をかき混ぜた。あっという間に皆の夕飯が出来上がる様子を間近で見ながら、私は魔法みたいだと思った。

「どんなにちゃんとしようったって、初めからうまくいくわけはないんだよ。血がつながってても、つながってなくても」

料理の済んだ台所を布巾で丁寧に拭きながら、タカ兄は続けた。

「日々を重ねるしかないんだ」

その言葉を聞いて、やはり魔法などではないと私は思い直した。そこにあるのは、紛れもない人の手による、小さな手間や心遣いの積み重ねだ。それらは細い糸を一本一本編むようにして、私たちの生活を、血肉を、形作っている。西原さんも、源ちゃんも、タカ兄も、私も、ひたすらに日々を重ねてゆくしかない。この世界はおとぎ話ではないのだから。

「さ、できたぞー、みんな運んでくれ」

タカ兄がリビングに呼びかけると、麦と里美が競うように台所に駆けつけて、小さな手でひとつひとつ器を食卓へと運びだした。

「ほら、晴海も机片付けて」

「待って、あと一問で終わるから」

「ミツ、テレビはおしまいだぞ」

「うっさいなー、今やってんじゃん」

「はいはい。花、源の様子見てきてくれるか」

「うん」

タカ兄に頼まれて寝室をそっと覗くと、音に気づいた源ちゃんがうっすらと目を開けた。

「源ちゃん、ご飯食べる?」

「……だっと」

源ちゃんは寝ぼけまなこを擦りながら、モミジの葉っぱほどの小さな手をこちらへ伸ばした。私はそっと抱きかかえて、源ちゃんをリビングまで連れて行った。その道中、源ちゃんは寝ぼけた様子で

「ママ……だっと」

と小さくつぶやいた。その言葉が今の源ちゃんにとって、誰に向けられたものなのかはわからない。それでもいつかは、明確でかけがえのないたった一人の誰かに対して、この手を力一杯伸ばせるようにと祈った。親指姫のように流され、飛ばされ、かくまわれ、今ここで暮らしを共にしながら、私たちはいつだって当てもなく両手を広げている。

＊＊＊

白菜、長ネギ、人参、菜の花、アスパラ、ふき、竹の子、新玉ねぎ……。まだまだ根強い鍋の具材に紛れて、春の野菜が店頭に並びだしている。日曜日はスーパーのアルバイトで、開店前の品出しから仕事が始まった。初めは慣れなかった作業もすっかり板に付き、近頃は常連のお客さんと会話を交わす余裕も出てきた。日曜日はポイントが五倍になるので、開店の三十分前から気合を入れて待っている人たちもいる。私は店頭の食材の前に値札の紙を貼りながら、先頭で待っているおじいさんに軽く会釈をした。

開店時間になるとレジカウンターに立って、ひたすら会計をこなしていく。

「卵一点、鳥もも肉二点、三つ葉一点、玉ねぎ一点、醤油一点……」

「生ハム二点、プロセスチーズ一点、アボカド二点、レタス一点……」

「ポテトチップス三点、ラーメン五点、七味一点……」

「納豆三点、豆腐二点、ベーコン三点、鮭四点、ほうれん草三点、サラダ油一点……」

「ヨーグルト一点、食パン一点……」

レジ打ちの仕事は単調なようでいて、お客さん一人一人が今日何を食べるのか、何人くらいで暮らしているのか、どんな生活をしているのか、買い物カゴの中から想像するのが楽しかった。毎回孫のためにヤクルトを買っていくヤクルトばあちゃん、低糖質・低カロリーと表示されたものを熱心に買うダイエット姉さん、揚げ物が大好きな揚げ男、さきイカやチータラをどっさり買っていくおつまみおじさん。一人一人あだ名をつけて覚えていくのも密かな楽しみだ。

最も混み合う昼時を越えた午後二時前、休憩に入るようにと店長に言われ、私はレジを替わってもらい帽子を外した。レジのある場所から真逆に位置する職員用出口を目指して、スーパーの中を最短距離で歩く。

「ちょっとごめんなさいね、あの、ほらあれ……あの、コンソメってどこかしら」

「ご案内しますね、こちらです」

「すみません、これって二束でこの値段ですか?」

「はい、二束で二百九十八円です」

「パプリカって赤いのはもうないの？」

「在庫確認してまいります」

たった数百メートルの距離を歩く間にも、スーパーのエプロンをつけていると様々な人に声をかけられる。初めはその度に店長や先輩に助けを求めていたが、ようやく商品の配置や在庫の状況も把握できるようになってきた。

お菓子売り場を横切ると、私はふと見覚えのある姿を見たような気がして踵を返した。通路からそっと覗くと、一人の女の人がしゃがみ込み、おまけ付きのお菓子をまじまじと見ていた。

「……麻里さん？」

そっと声をかけると、麻里さんは我に返ったようにこちらを振り返り、少し恥ずかしそうに笑った。

「ごめんなさいね、昨日は……」

スーパーの裏の駐車場に腰かけると、麻里さんは俯きがちにそう言った。

「謝らないでください。源ちゃんも元気だし」

「うん……そうね」

そう言って微笑みながらも、麻里さんはまだ申し訳なさそうな顔をしていた。

「それ、源ちゃんに?」

私は麻里さんの買い物バッグから顔を覗かせているお菓子の箱を指して言った。ちょうど今朝テレビでやっていた戦隊ヒーローのフィギュアがおまけで付いている、チョコレートだった。「キズナをつなごうぜ!」というキャッチコピーが、ポップなフォントでキラキラと縁取られている。

「最近ね、こういうの見るとつい買っちゃうの。気が早いよね」

「きっと喜びますよ」

私がそう言うと、麻里さんは買い物袋からお菓子の箱を取り出して、大切そうに手元を見つめながらつぶやいた。

「楽しみなの。すごく。本当に、心から嬉しいのよ。……でも、」

「……でも?」

「……ごめんね、なんでもない。しっかりしなくちゃね」

麻里さんはお菓子の箱を再び袋にしまうと、少し無理やりに背筋を伸ばした。

「あら、大変」

ふと私の手元を見た麻里さんが、今度は鞄からポーチを取り出して言った。

「しっかり者の手ね」

そう言いながら、麻里さんは私のかさついた手にハンドクリームを塗ってくれた。いつも、麻里さんからふわりと香りたつ、あの品のある匂いがした。

「これ、何の匂いですか？」

「これはね、カモミール」

「カモミール……いつもいい匂いだなって」

「本当？　そうだ、これ花ちゃんにあげる。ちょうど開けたばかりだから」

「え、でも、」

「いいのよ、まだ家にもあるんだから」

「……ありがとうございます」

嬉しかった。私は大事に少しずつ使おうと思った。その優しい匂いに浸りながら、私はふと麻里さんに尋ねた。

「麻里さんのお母さんは、どんな人でしたか？」

「私の……？」

「はい」

「そうね、」

麻里さんはしばらく考えて言った。

「厳しい人だった。特に、私は一人娘だったから」

「へえ……」

「私のやることなすこと、逐一何か言わないと気が済まないみたいで」

「しっかりしなさいって？」

「そう、よくわかったね」

「麻里さんたまに言うから。しっかりしなくちゃって」

「ああ……皮肉なものね」

麻里さんは小さく笑った。

「あの人もよく言ってました。いい子にしなさいって」

「……お母さん？」

「あ、はい……この頃よく思い出すんです。すごく、断片的なんですけど」

「そう」

「それで、思ったんです。私はあの人の思ういい子にはきっとなれないし、あの人も私の思ういい母にはなれないんだろうなって」

「……うん」

「遠いんです。ずっと」

「どうして、こうなのかしらね」

「皮肉ですよね」

しばらく沈黙が続いて、私はぽつりとつぶやいた。

「日々を重ねるしかないって」

「……ん？」

「この前タカ兄が言ってました。日々を重ねるしかないんだって」

「……」

「希望にも絶望にもとれる言葉ですよね」

「……うん」

「けど、麻里さんや正雄さんなら、きっと希望になると思います」

「……そうね」

「はい」

「花ちゃんもね」

「……はい」

私と麻里さんは、励まし合うようにして笑った。

「休憩中よね。そろそろ行こうかな」

そう言って麻里さんが立ち上がったので、私ももらったハンドクリームをエプロンのポケットにしまい、腰を上げた。

「あ、」

立ち上がって視線を上げた途端、思わず二人同時に声を発した。私たちが背を向けて座っていたスーパーの壁際に、ツバメの巣がひとつあったのだ。屋根と壁との間に器用に作られた巣の中へ、枯れ草をくわえた一羽のツバメが飛んできて、しばらくすると再び空へ飛び立った。

「春ね」

「春ですね」

私と麻里さんはうっとりと巣を眺めた。何かが、何もかもが変わってしまいそうな春の渦中に立ちながら、いつの日か希望に向かうことを夢見て。

＊＊＊

結局、荷物をまとめた段ボール箱は五つになった。十年間もここで暮らしておきながら、たったこれだけなのかと少し拍子抜けした。それでも、初めてここへ来た時と比べれば、随分増えたものだ。物だけでなく、様々な経験や感情が私の中で増えたり減ったりを繰り返し、ついにこの日を迎えた。やはりまだどこか信じられない思いを抱えながらも、最後の段ボール箱を運び出す。

昨晩私と源ちゃんのお別れ会をした名残で、リビングは少し散らかっていた。昨日涙ながらに語ってくれたタカ兄は、どうにか平静を装っていつも通り台所に立っている。

「おにぎり、梅でいいか？」

「うん……あ、あと昆布も」

「しょうがないな」

私は小さなわがままを言った。

庭に生い茂る草木は色めき、リビングから遠目に眺めると大きな花束のようだった。中には雑草もたくさん紛れているが、それもこの家らしくていい。窓辺に差し込む柔らかな光の中で、猫たちが日向ぼっこをしている。旅立ちにふさわしい、穏やかな春の日だった。

「いってきます」

まるでいつも通りに帰ってくるかのような口調で、私は皆に別れを告げると、自立援助ホームの職員が運転する車に乗り込んだ。お別れ会で子どもたちがくれた手紙や絵やアルバムは、まだきちんと見られていない。新しい場所へたどり着いてからにしようと思った。残る子どもたちのためにも、湿っぽい別れにはしたくなかった。

後部座席に乗って振り返ると、子どもたちと、タカ兄と、保育士さんと、源ちゃんを抱いた西原夫妻が、皆でこちらへ向かって手を振っていた。私も懸命に手を振り返した。車が動きだし、少しずつ少しずつ皆の姿が小さくなって、ついに見えなくなった。いつか映画やドラマで見た別れのシーンのようで、やはりまだどこか現実味がない。後部座席からぼんやり外を眺めていると、いつかあの人と共に電車に揺られていた幼い時のことを思い出した。あの日も確かこんなふうに、嘘みたいな麗らかさの中にいた。もしかすると、私は今あの時の不安げなあの人と、よく似た顔をしているのかもしれない。

大通りへ出ると、少し前まで蕾だった桜並木がすっかり花を咲かせて首を垂れていた。風が吹くたびに、薄紅の雨のようにちらちらと花びらが舞う。もう幼い頃のように車窓から花びらへ手を伸ばしたりはしないが、その一枚一枚が落ちていく様を何を考えるでもなくぼんやりと目で追っていた。

景色が知らない街並みへと変わっていく。道ゆく人々も、知らない顔をしている。私は車窓から目をそらし、鞄のおにぎりを取り出した。一口かじると、よく知った味が口いっぱいに広がった。涙がこぼれないようこっそり目元を拭いながら、私は最後にわがままを言って良かったと思った。

トランクに入りきらず後部座席に積まれた段ボール箱で、小さく描かれた黒いツバメが私と一緒に揺れている。幸せの国へたどり着くまで、あとどれくらいだろう。

本書は書下ろしです。

海辺の金魚

2021年6月7日　第1刷発行

著者　小川紗良
発行者　千葉 均
編集　吉川健二郎
監修　東映ビデオ株式会社
発行所　株式会社ポプラ社
〒102-8519
東京都千代田区麹町4-2-6
一般書ホームページ　www.webasta.jp
組版・校閲　株式会社鷗来堂
印刷・製本　中央精版印刷株式会社

N.D.C. 913/236P/19cm ISBN978-4-591-17024-3

P8008345

小川紗良（おがわ・さら）

1996年東京生まれ。役者、映像作家、執筆家。早稲田大学文化構想学部卒業。高校時代に映像制作を始め、並行して役者としても活動を開始。大学時代に監督した短編・中編作が、ゆうばり国際ファンタスティック映画祭やPFFアワード等に入選。卒業後、長編初監督作品である『海辺の金魚』（2021年）では、韓国・全州国際映画祭とイタリア・ウーディネ極東映画祭に正式出品される。

役者としてもNHK朝の連続テレビ小説『まんぷく』、『アライブ　がん専門医のカルテ』『フォローされたら終わり』など数多くのドラマに出演。映画『ビューティフルドリーマー』（本広克行監督/2020年）では主演を務めている。

本書が初の小説執筆となる。

ニキ

夏木志朋

高校生・田井中広一はつねに人から馬鹿にされ、世界から浮き上がってしまう。そんな広一が「この人なら」と唯一、人間的な関心を寄せたのが美術教師の二木良平だった。彼が自分以上に危険な人間であると確信する広一は、二木に近づき、脅し、とんでもない取引をもちかける――。第9回ポプラ社小説新人賞受賞作。

単行本

かがみの孤城

辻村深月

学校での居場所をなくし、閉じこもっていたこころの目の前で、ある日突然部屋の鏡が光り始めた。輝く鏡をくぐり抜けた先にあったのは、城のような不思議な建物。そこにはちょうどこころと似た境遇の7人が集められていた――。すべてが明らかになるとき、驚きとともに大きな感動に包まれる。

単行本